W0370938

L'ÉCORCHÉ

BERNARD TIRTIAUX

L'ÉCORCHÉ

GENÈSE
ÉDITION

Aux habitants de la Terre,
cette utopie salutaire.

« Je suis convaincu que le temps des impossibles est revenu, surtout en raison des forces qui expriment une volonté de reconquête de la liberté collective, la vraie liberté, car on n'est libre qu'avec les autres. »

Riccardo Petrella, *Désir d'humanité*

CHAPITRE 1

Je l'ai identifiée à la seconde en passant mon courrier en revue. Cela faisait vingt-cinq ans qu'elle avait rompu et elle m'est réapparue sur la simple écriture de mon adresse. J'aurais entendu sa voix au téléphone ou je l'aurais croisée par hasard dans la rue que je n'aurais pas été plus alerte. Olga la tornade, Olga la provocatrice. Olga la sanguinaire qui me laissa en plan après un an de vie partagée et un mariage éclair. Que me voulait-elle après tout ce temps ?

Je prenais mon petit déjeuner avec mon épouse quand sa lettre a surgi. Comme un gamin fautif, j'ai glissé l'enveloppe parmi mes papiers professionnels. Albane à qui rien n'échappe m'a demandé :

– Un courrier embarrassant ?

– Ça ou les états d'âme d'une admiratrice, ai-je répondu pour noyer la question dans l'humour.

Nous sommes très proches, Albane et moi, en confiance totale, et elle n'a pas insisté.

Ma journée de travail à la clinique a été perturbée par cet envoi. Du souvenir tantôt exalté, tantôt pénible a refait surface.

Olga m'a enflammé alors que j'étudiais la médecine. Elle m'a carbonisé ensuite au bout de six mois d'un mariage houleux, émaillé de traîtrises.

J'ai aimé passionnément Olga. Je suis tombé amoureux fou d'elle à la première seconde où je l'ai croisée. Insolemment belle et exempte de tabous, elle m'a sorti des affres d'une éducation étriquée. Sept années en internat dans un collège abbatial, cela marque un homme.

Fraîchement débarquée de Saint-Pétersbourg où elle avait entamé des études artistiques, Olga suivait comme moi des cours du soir à l'académie de Woluwé en dessin, peinture et sculpture.

Je me souviens précisément du moment où nous sommes entrés en contact. Nous étions une douzaine à attendre l'arrivée de Gilbert, notre modèle. Policier à la retraite, il exposait ses vieux restes à nos gommes et à nos crayons. Dans l'embarras, notre professeur s'est tourné vers la classe pour qu'une bonne âme se dévoue pour le remplacer. Olga s'est immédiatement levée, s'est déshabillée et a pris la pose. Je suis resté bouche bée, totalement interdit. J'aurais vu apparaître la Sainte Vierge au sommet d'un arbre que cela ne m'aurait pas fait plus d'effet. Olga avait un corps sublime, une poitrine fruitée éminemment sensuelle. Ma stupéfaction n'échappa pas à la poseuse qui, voyant mon trouble, éclata de rire. L'hilarité gagna le local. Si la confusion avait été une maladie mortelle, je n'aurais pas survécu à ce choc.

J'ai dessiné Olga avec langueur. Chaque ligne, chaque courbe que je reproduisais me ravissait. Je m'affranchissais de mes émotions quand elle revint à la charge en m'adressant un petit baiser tout juste sonore qui n'échappa à personne. Cramoisi, je fus une nouvelle fois la risée de tous. Pour ne pas perdre au change, je portai le bout de mes doigts à mes lèvres et lui rendis la pareille en la gratifiant d'un sourire éhonté. Je venais d'accomplir l'acte le plus héroïque de ma vie. À la fin du cours, je me suis échappé sans demander mon reste.

La nuit et les jours qui suivirent m'ont catapulté au septième ciel. Une femme qui n'était ni ma sœur, ni ma mère, ni ma grand-mère m'avait regardé avec les yeux de l'amour. Je n'en revenais pas. J'ai pris tout le week-end pour rassembler mes esprits et anticiper ce moment où nous serions de nouveau en présence l'un de l'autre.

C'est au cours de sculpture que je l'ai revue. Attelée à la reproduction d'un lutteur antique, elle pétrissait la glaise comme si elle était elle-même en plein combat. Décoiffée, en transe, l'œil brillant, elle faisait corps avec la matière et a mis un certain temps avant de m'apercevoir. Dégageant du poignet la mèche mauve qui recouvrait son visage, elle m'a regardé de ses yeux de husky et, sans détour, m'a invité à la suivre chez elle.

– Maintenant ? ai-je balbutié avec appréhension alors qu'elle se passait les avant-bras à l'eau.

J'ai entendu claquer un *da* sans équivoque. Les dés étaient jetés.

J'ai tout appris des choses de l'amour avec Olga. Riche d'un français qui se limitait à une vingtaine de mots, elle eut recours à la langue des gestes et des caresses pour déniaiser le garçon de bonne famille que j'étais. Envoûté par sa grâce sauvage, j'ai débloqué ce pan verrouillé de moi-même qui abritait instinct, pulsion, fantasme. J'ai fracturé sous son emprise la porte interdite.

Vorace en diable, Olga m'a catapulté dans une dérive des sens aussi débridée qu'imaginative. Elle brûlait d'un feu permanent attisé par un goût prononcé pour du cérémonial lubrique. Plus que tout, elle affectionnait les situations scabreuses et se contrefichait que ses feulements traversent murs et plafonds. Bien que perturbé par son manque de retenue et par son extravagance en société, je ne pouvais m'empêcher de chérir cet énergumène en décalage complet avec mon milieu.

Aveuglé par ce tourbillon qui me faisait confondre sentiment amoureux et attirance charnelle, je me suis mis en tête d'épouser Olga. Ma décision a surpris mon entourage. Elle a été qualifiée de naïve et impraticable par mes meilleurs amis. Elle m'a brouillé avec Édouard, mon alter ego, qui n'hésita pas à employer le mot de nymphomane à son propos. Plus grave, elle m'opposa à ma propre famille pour qui j'étais jusqu'alors un fils exemplaire promis au plus brillant avenir.

Catholique pratiquant et dogmatique, mon père, qui était médecin généraliste, eut des mots très durs quand j'imposai mon choix :

– J'assisterai à ton mariage en attendant le divorce.

Un de mes oncles qui ne pouvait être présent à la cérémonie m'envoya ce texto assassin : « Je te souhaite un présent heureux et un avenir acceptable. »

Triste fête que nos noces ! Empreinte de faux sourires, de compliments fallacieux, de moqueries sous cape, la désapprobation suintait de partout. Je n'eus que ma grand-mère de notre côté, ce jour-là, pour défendre les couleurs de l'amour et nous assurer de ses prières.

La prédiction de mon père ne tarda pas à se réaliser. Le statut d'épouse ne seyait pas à Olga. Le contrat fut vite entaillé avec un danseur argentin. Une basse slavonne prit le relais. Un fils à papa friqué, recordman des relations à la chaîne, continua le saccage.

Notre idylle prit fin le 21 décembre 2002 sur un retour en grâce que je ne suis pas prêt d'oublier. Déployant tous ses talents, Olga m'entraîna le soir du solstice d'hiver dans une mise en scène torride. Affectueuse à l'envi, elle me donna toutes les raisons de croire que notre histoire pouvait prendre un nouveau départ. Cette illusion d'une nuit s'est dissipée à mon lever. Sur la table de la cuisine encombrée de vaisselle sale, de coquilles d'huîtres, de caviar russe éparpillé et de bouteilles à demi vides, se trouvait son alliance et ce mot « Adieu, mon chéri ! »

J'ai entendu démarrer une voiture et me suis précipité à la fenêtre. Une grosse cylindrée aux vitres teintées embarquait

Olga vers une autre vie. Dans le flou de mes larmes, je n'ai pas situé la provenance du véhicule et ignore encore aujourd'hui dans quelle partie du monde elle a suivi son ravisseur.

Il a fallu l'arrivée de cette lettre pour que cet enclos de ma mémoire se rouvre et me brimbale entre curiosité et appréhension. Avec Olga, je pouvais m'attendre à tout.

CHAPITRE 2

Fracassant et théâtral, le coup porté par Olga m'a atteint mais ne m'a pas anéanti. Mort sans agonie, notre couple a juste cessé d'exister, ce qui m'a permis de faire l'économie d'un deuil. Luisant davantage en moi que le vaste champ de désolation où notre amour s'était perdu, le flux des souvenirs enchanteurs, les moments d'intenses communions ont même vitaminé ma reconstruction. Quiconque venait à moi à l'époque en croyant pertinent de critiquer la fugueuse n'avait pas mon oreille. J'aimais toujours cette femme originelle et lui gardais reconnaissance de s'être donnée avec autant d'abandon, autant de nudité, autant de liberté. Olga avait craqué ma bogue et ce qui demeurait était un fruit, une semence de châtaignier prometteuse d'un arbre apte à se déployer.

Alors qu'il aurait pu m'engloutir, le vide consécutif au départ brutal d'Olga m'a poussé à reprendre à bras le corps ma formation de chirurgien de la reconstruction faciale. Sous sa coupe, je me pliais à toutes ses facéties, toutes ses excentricités. Je manquais mes cours, mes stages. Je négligeais ce qui devait construire mon métier. Olga était une amazone, une vestale, une impératrice et moi, son féal sujet. Par son comportement libertaire et son irrespect des conventions, elle faisait fuir mon entourage et sortait les griffes des femmes de mes collègues et amis qui la voyaient comme une menace. Notre rupture m'a remis en phase avec tout ce monde, en ce compris ma famille. Parallèlement, mon admission à la même époque dans une équipe de chirurgiens qui opéraient sur Woluwé, Amiens et Lyon à la réfection de visages m'a aidé à passer ce cap. Le travail est salvateur et le mal qui s'abat sur autrui édulcore notre repli souffreteux sur nos propres misères.

Ainsi, depuis vingt-cinq ans, je répare de grands brûlés ou des défigurés. Je me limite à ce type d'intervention, contrairement à certains confrères qui pratiquent la chirurgie dite esthétique. Je ne compte plus les patients auxquels j'ai rendu une apparence humaine. Perdre son visage, c'est abandonner au néant une partie de sa lumière. Recréer cet éclat endommagé contribue à ressusciter de la vie, ranimer la flamme qui étincelait avant que la dégradation ne survienne. Dans l'ensemble, les restaurations que j'ai entreprises à ce jour ont été des réussites. Dieu merci ! Dans ma carrière, j'ai essuyé des échecs et ils m'affectent encore aujourd'hui. Nos interventions ne sont pas anodines. Elles forment un tout dont la pièce maîtresse demeure un accompagnement soutenu sur le plan humain. Pas question d'opérer sans rencontrer préalablement les victimes et leur famille. Sauf cas d'extrême urgence, nous accordons une importance capitale à ce contact. Écouter, rassurer, expliquer ce qu'on projette et ce qu'on attend du patient est la clé de toute bonne reconstruction. Un sujet découragé guérit mal. Il en va autrement d'un sujet bien épaulé. Dans la majorité des cas, un lien se tisse entre l'opéré et l'équipe, un lien fort de complicité et souvent même d'amitié. Chez nous, la personne traitée est quelqu'un dont nous tenons la main pour l'aider à s'approprier une nouvelle représentation d'elle-même qui sera approchante sans être identique à ce qu'elle était. La chair est et reste une matière inconstante qui n'obéit qu'aux lois de la nature et qui ne se laisse pas contraindre par le fer du bistouri comme nous le souhaiterions. S'ajoute à cette difficulté, tout ce qui touche aux infections ou aux phénomènes de rejet qui peuvent altérer ou réduire à néant la matière vivante d'un visage restauré dans les règles de l'art. L'habileté de l'homme est une chose, le mystère qui fait prendre une greffe au départ de fragments corporels ou de tissus faciaux prélevés chez un donneur en est une autre. La bonne fusion de ce mélange improbable de tissus contre nature tient tant à la proximité biologique avec le receveur qu'à un long et hasardeux traitement antirejet. Parfois aussi, le succès d'une intervention repose sur une faveur de la providence que d'aucuns appellent miracle.

Dans le but de m'échapper épisodiquement du cadre oppressant et hautement périlleux de la chirurgie réparatrice, j'ai renoué avec mes cours du soir en académie sur le conseil d'Albane. Je me suis pris d'amour pour la sculpture et, plus précisément, la taille de la pierre.

Beaucoup moins préoccupante, cette passion gagne du terrain sur l'autre et il ne m'étonnerait pas qu'elle la supplante un jour. Loin d'être un maître dans le domaine, je ne démérite pas des artisans qui ont doté nos lieux saints de cette foule de personnages et de gargouilles qui les animent.

Par l'entremise de mon professeur, je fréquente depuis trois ans un atelier situé à proximité de Notre-Dame à Paris. L'homme qui le dirige est compagnon tailleur de pierre. Il se prénomme Justin. Son patronyme au sein de sa corporation est Nantais Belle Cadence. Nous avons sympathisé au premier regard. En dépit du peu de temps que me laissent mes occupations chirurgicales, il m'a attribué une place parmi les chevronnés de la statuaire qui œuvrent avec lui à la réfection des mutilés des cathédrales. Un travail, somme tout, assez proche du mien avec, pour différence notoire, une soumission lapidaire des sujets concernés.

Même si ma fonction présente beaucoup d'avantages, je

ne peux m'empêcher d'envier ces artisans qui n'ont aucun compte à rendre aux blocs qu'ils ouvragent. Un coup d'outil malheureux, une déficience du côté de la matière, un ratage de l'œuvre en cours n'est pas irréversible. Restaurer du vivant n'obéit pas aux mêmes règles. Sans parler du préjudice humain, une maladresse ou un diagnostic erroné engendre aussitôt une plainte et souvent un procès avec une action en dommages et intérêts. Dans notre spécialité, le droit à l'erreur existe mais n'est pas toléré. Chaque cas désespéré que j'accepte de prendre en charge demeure à mon niveau synonyme de peur au ventre. Cela peut paraître paradoxal mais dans l'atelier de Justin, qui est un nid de poussière, je respire. J'éprouve le même sentiment libératoire face au Moïse de Souillac, au cavalier de Bamberg ou, indétrônable, à la frise du Parthénon. Une pierre manquante ou malade, démangée, rongée par les pluies, émiettée par le gel, noircie par la pollution, me sollicite là où un visage à reconstruire me terrorise. Dans ma spécialité, le décours incertain de mon geste salvateur et la question douloureuse de l'éphémère qui accompagne mes interventions sont les croix qu'il me faut porter. Ajoutée à cela, la souffrance de mes patients face à leur disgrâce me renvoie à ma propre inaptitude à les libérer et cela m'accable aussi en permanence.

Reconstruire de la Lumière endommagée et insuffler de la Beauté. Ces deux axes orientent ma vie et lui donnent sens dans un monde déshumanisé et peu miséricordieux qui ne respire plus que par les naseaux du profit, de l'égocentrisme et de la domination.

Justin me sourit quand j'aborde ce sujet avec mes formules caricaturales.

– La Lumière et la Beauté n'ont pas attendu les hommes et survivront à leur passage. Par contre, nous sommes en charge d'âmes et c'est là que ton savoir-faire peut enrichir la vie côté chair et côté pierre.

Autre moment, autre précision de sa part :

– N'oublie jamais que chaque sculpture abrite au moins deux entités, celle du sculpteur et celle de son sujet.

J'aime cet homme monolithique, indissociable de sa massette. Blanchi et creusé par un demi-siècle de coups d'outils, il éparpille une âme débordante de générosité dans la petite foule de personnages qu'il a enfantés. Retrouver Justin seul ou dans son monde est toujours un moment enrichissant. Le suivre sur ses chantiers, partager ses connaissances et entendre sa réponse aux dérives actuelles, un viatique.

Avec Varguise, mon ami indien, Justin figure parmi les hommes qui me sont les plus chers dans cette vie.

*

Ma journée à la clinique a été particulièrement éprouvante : des consultations en trop grand nombre, de la paperasse jusqu'à l'écœurement, une altercation avec Serpini, un collègue qui, par excès de prétention opératoire, a carrément mutilé le visage d'une gamine victime d'un accident de la route. J'ai enfilé ma blouse en fin d'après-midi pour m'attaquer aux prémices d'une opération de rattrapage dont j'aurais pu me passer. J'aurais bouffé le nez de ce bâcleur. De retour dans mon cabinet, j'ai appelé Albane au téléphone pour l'informer de mon retard. Tout de suite :

– Tu es contrarié ?

– Je fulmine.

– Ne te mets pas la pression ! Je te prépare une assiette froide pour quand tu rentreras.

Assis à mon bureau, j'ai tiré à moi le dossier emporté le matin et la lettre d'Olga a réapparu. Armé de mon coupe-papier, je l'ai ouverte en ayant à l'esprit qu'elle était sans doute en difficulté et avait besoin d'argent.

Sur ces entrefaites, Marie-Cécile, ma secrétaire, a poussé la porte pour me dire qu'elle partait et me souhaiter la bonne soirée. Après son passage, je suis revenu sur mon sentiment. Olga est trop fière pour resurgir après plus de vingt-cinq ans de silence avec une requête aussi prosaïque. Cela ne lui correspond pas. Ce qui l'amenait ne pouvait être qu'extravagant. J'ai sorti sa lettre de l'enveloppe, l'ai dépliée devant moi. Pas de littérature mais un texte succinct aux lettres bien dessinées qui aurait tenu dans un texto et qui ne faisait qu'attiser mes questionnements. À première vue, rien ne fleurait la manigance :

« Cher Philippe,

J'espère que tu vas bien. Je t'écris pour te demander un service. Je suis à Paris jusqu'à fin juin. Peut-on prendre rendez-vous pour parler de mon problème ? Tu me dis où et quand et je viens. Je t'embrasse.

Ta Olga »

CHAPITRE 3

Je suis resté prostré un long moment devant cette bafouille dont le pragmatisme ne correspondait pas à la cosaque incendiaire et exaltée de mes souvenirs. En fait, je m'attendais à un retour fracassant, moins lobotomisé de sa part. Pour être honnête, j'espérais renouer avec Olga sur un souvenir rattaché à notre relation passée ou, pourquoi pas, sur une anecdote croustillante liée à sa vie que j'imaginais libertine.

Seul indice un peu tendre de notre passé commun : TA Olga, un possessif flattant le vieil orgueil mâle qui sommeille en chaque homme.

Pour combler ce manque, j'ai humé le papier les yeux fermés et j'ai fait de même pour l'enveloppe. Une infime senteur sucrée m'a remis sur la piste du parfum qu'elle portait. Un parfum d'illusion.

Harassé par ma journée, j'ai pris note de l'adresse mail d'Olga et de son téléphone avant de me défaire de sa lettre en la jetant dans la corbeille.

– Toujours à fulminer ? m'a lancé Albane à mon retour à la maison.

– Je ne peux rien te cacher.

La clinique Saint-Laurent où j'opérais en prit pour son grade, alors qu'Olga était la cause de mon humeur ronchonne.

*

Bien choisir l'endroit du rendez-vous, m'affranchir du passé, rester maître du jeu dans notre confrontation. La donne a changé depuis la folle époque de notre liaison. Je devrais être serein mais j'appréhende ces retrouvailles. C'est plus fort que moi. J'ai beau me répéter que de l'eau a coulé sous les ponts et que la Olga d'hier n'est pas celle d'aujourd'hui, je n'arrive pas à me distancer de l'image que j'ai gardée d'elle. Aussi étrange que cela puisse paraître, je n'ai pas rompu avec Olga. C'est elle qui m'a libéré de son emprise en gardant intact son énorme pouvoir de séduction. Elle m'a mis en veuvage et se prend la fantaisie de ressusciter après plus d'un quart de siècle. J'essaie d'imaginer à quoi elle peut ressembler aujourd'hui et gage que sa beauté est restée inchangée. Je ne pourrais pas en dire autant en ce qui me concerne. Si j'ai pris de l'assurance et gagné en notoriété, je me suis quelque peu empâté avec les années. Ma tignasse d'antan, d'abondante qu'elle était, nécessite un peignage savant pour camoufler un début de calvitie. Que reste-t-il du charme de ma jeunesse si tant est qu'il existât un jour ? Contrairement à certains amis et collègues ou à mon frère, je n'ai jamais été beau dans le sens plastique du terme. Dès l'enfance, mon corps était empesé avec de bonnes grosses jambes rougeaudes arquées vers l'extérieur. Mon torse sans relief, mes épaules tombantes me désolaient quand je me mirais dans une glace. Dans ma jeunesse, on disait de moi que j'avais une bonne bouille. Jamais de compliment dans le style : « T'as de la gueule ! » ou « Tu es irrésistible ! » ou « Tu n'attendras pas longtemps avant de faire des ravages ! » Plutôt que des ravages, j'ai provoqué quelques batillages sans lendemain liés davantage à mon statut de chirurgien qu'à mon physique. Pas de quoi m'enorgueillir.

Cela étant, les gens m'ont en sympathie et m'accueillent avec chaleur quand je suis invité quelque part. En société, ma présence est appréciée, mes capacités saluées. On flatte mes connaissances, on savoure mes bons mots, on recueille mes avis. Les médias me chérissent et ne manquent pas de me consulter dès qu'une actualité recoupe mon domaine.

Je me fustige, je me glorifie pour compenser de vieilles blessures d'amour-propre. Où est la faille ? Qu'il soit en haut ou en bas de l'échelle, l'humain n'arrive pas à se satisfaire de ce qui lui est donné. Je m'inclus dans cette généralité en espérant qu'il est des hommes et des femmes qui font exception à cette règle : des perpétuels contents.

*

La date et le lieu de ma rencontre avec Olga se sont imposés dans la nuit : le 21 juin 2028, jour du solstice d'été et Notre-Dame, pour l'endroit choisi.

Les cathédrales ont toujours guidé mes choix et accompagné les turbulences de ma vie. Notre-Dame et sa galerie de monarques mutilés ont été les déclencheurs d'une opération périlleuse et transgressive sur le visage d'un dompteur agressé par un tigre de sa ménagerie. Rien de récupérable ne subsistait de ses mâchoires, de ses lèvres et de son nez. C'est dans ces suppliciés de pierre, victimes de vandales régicides que j'ai mûri mon plan et puisé la force de tenter l'impossible réparation. Une gageure ! Plutôt que de prélever sur mon sujet de quoi le reconstruire, j'ai transplanté le greffon d'un visage tiers comprenant l'ossature, les muscles, les nerfs et les ligaments en lieu et place de la partie détruite. De la découpe soigneuse et parfaitement calibrée dont un sculpteur aurait pu facilement s'acquitter. J'ai ensuite ranimé cette matière morte, arrachée à la vie de celui qui en avait fait don, pour que le flux sanguin la fasse revivre, lui rende sa couleur, sa chaleur, sa texture. S'ensuivit un délicat travail de bijoutier pour reconnecter entre elles des artères et des veines n'ayant, pour certaines, pas plus d'un millimètre de diamètre. Le temps fit alors son office en permettant aux nerfs de pénétrer la matière charnelle pour y restaurer sur les lèvres, avec le sourire et la parole, les mouvements qui traduisent les émotions et les sentiments. Échappant à la volonté du chirurgien, cette étape obéit au hasard de l'élan vital, à l'impulsion du feu intérieur qui anime le patient. Sans le courage exceptionnel de Ferdinando et sa foi indéfectible dans la vie, la partie était perdue. On ne renaît pas de cendres froides mais d'une braise attisée par un souffle persévérant.

Que ce soit fortuitement ou à cause des guerres, on ne compte pas les gueules cassées qui ont sombré avec leur difformité. Chantre de Notre-Dame, Victor Hugo a exploré cet enclos de désespérance dans plusieurs romans. Rien de comparable toutefois avec la victime qui se raconte et évoque la terreur et l'indicible douleur que lui cause le regard de l'autre. Ces témoignages et ces récits sont légion et je ne suis pas en reste de lectures de ce type.

On me demande souvent d'où me vient ce besoin presque compulsif de me pencher sur tout ce qui défigure ce monde. L'infortune du fringant caporal François-Joseph Jacquemart, mon arrière-grand-père, est une réponse parmi d'autres. Le bas du visage arraché par un tir d'obus pendant la Grande Guerre, il est resté dans la mémoire de ma mère un pauvre diable relié à sa pâtée par un tube de caoutchouc introduit dans sa gorge à l'heure des repas. Je possède deux photos de cet homme : celle de l'officier et l'autre.

Mon engagement en 2004 dans une léproserie en Inde m'a, lui aussi, profondément marqué. Je ne mesurais pas l'ampleur de ce fléau et l'immense solitude des personnes atteintes par ce mal. Confronté à mon impuissance, j'ai noirci quantité de pages à l'époque et il s'en est fallu de peu que j'abandonne ce domaine qui me rongeait de l'intérieur comme il dévorait les visages et les doigts de mes patients.

Cette descente aux enfers m'a ouvert les yeux sur la détresse des défigurés et sur le rôle réparateur qui pouvait être le mien. Elle m'a enraciné au croisement de la pitié et de la compassion. Traiter un être en proie à la souffrance nous ravage quoi qu'on fasse : les années de pratique n'y changent rien. La petite fille mordue au visage par un chien m'arrache encore des larmes à un âge où je devrais être blindé par la somme de toutes les horreurs que j'ai croisées dans ma carrière. L'empathie est mon épée de Damoclès, un état d'âme à surmonter quotidiennement si je veux bien m'acquitter de mon travail.

*

Fort de ma décision de rattacher mon rendez-vous avec Olga à Notre-Dame, j'ai ménagé du temps pour me rendre sur place en fin d'après-midi. Je n'ai pas grand mérite. La cathédrale est toute proche de notre appartement et quand je sors de l'immeuble, il me suffit de lever les yeux pour la voir. De la baie vitrée qui éclaire notre pièce de séjour et donne accès à une terrasse, nous avons une vue sur l'arrière des deux tours. En avant-plan, une flèche de verre cristal flambant neuve cueille une lumière scintillante dans le ciel de Paris comme s'il s'agissait d'une stalagmite de glace. C'est elle qui se dresse à présent en lieu et place de la flèche de bois et de plomb de Viollet-le-Duc emportée par les flammes le 15 avril 2019. Un an que la bâtisse a refait peau neuve à la grande satisfaction de tous ceux, croyants et autres qui, comme moi, se désolaient du sinistre. Une vraie résurrection que ce chantier. Toutes proportions gardées et sans forfanterie, cette restauration qui a nécessité sept années d'efforts acharnés n'est pas éloignée de mon quotidien professionnel. Une autre bonne raison de convier Olga à me rejoindre dans ces murs ennoblis par la succession des mains qui ont collaboré à cette réfection exemplaire.

Après ma journée à la clinique, j'ai gagné l'esplanade de Notre-Dame et me suis attablé à ma terrasse favorite devant une bière d'abbaye. Il faisait délicieux !

Insouciants, des promeneurs originaires de partout allaient et venaient, des enfants couraient après les pigeons. Les traqueurs de petits sous étaient revenus comme si de rien n'était après la seconde pandémie. Un comédien désœuvré arborant bosse et figure difforme jouait les Quasimodos et se faisait photographier aux côtés de touristes, moyennant piécettes.

La vie chassait des mémoires ces années carcérales où la contagion avait vidé les villes et convié la panique, la maladie et la mort dans tous les coins et recoins du globe. Bien cadrées par les forces de l'ordre, Notre-Dame et sa périphérie barraient l'accès aux hordes de nouveaux pauvres, victimes des désastres répétitifs qui ont jalonné ces dix dernières années. Jugés malvenus par les autorités dans cet îlot réservé aux visiteurs huppés de toutes provenances et de toutes couleurs, les miséreux n'avaient plus de cour des miracles à laquelle se rattacher : un déni historique qui en disait long sur l'indifférence du pouvoir et son incurie.

Il était plus de 6 heures quand j'ai vu passer Éloïse, la fille d'Albane. Guide touristique, elle en avait fini avec ses visites de la cathédrale et cavalait pour rejoindre un cours de danse ou d'arts martiaux. J'ai bien tenté de l'intercepter en la hélant mais elle ne m'a pas entendu. Silhouette fluide, taille fine, crinière noire, elle resplendissait. Et je l'ai regardée s'éloigner avec ravissement comme on laisse s'encourir parmi les buissons une biche débusquée. Sur ces entrefaites, j'ai réglé ma consommation et me suis rendu dans la cathédrale.

À l'intérieur, les verrières de couleurs s'égayaient tandis que le jour scintillait à la croisée du transept par le puits de lumière où s'enracinait la flèche de cristal. En écho au solstice d'hiver qui avait signé notre rupture, c'est à cet endroit précis, le jour du solstice d'été à midi, que je voulais retrouver Olga. Une raison futile qui n'avait de signification que pour moi.

CHAPITRE 4

Écrire à la main constitue une marque de respect et de proximité que j'affectionne. Le cérémonial de la plume, du papier, de l'enveloppe collée et timbrée, les quatre lignes d'une adresse manuscrite ont des vertus que l'ordinateur n'aura jamais. Pour la boîte à rabat de la poste qui avale un courrier avec son bruit de métal, c'est pareil. Je suis certainement vieux jeu mais je déplore qu'Olga m'ait laissé le choix entre une adresse mail et un numéro de portable pour l'atteindre. Entre les deux modes de communication proposés, j'ai préféré la peste au choléra. J'ai donc opté pour le téléphone.

Profitant d'une pause entre deux patients, j'ai formé son numéro en combattant une émotion bien compréhensible. Pour dire vrai, je n'imaginais pas qu'elle réponde et me préparais à laisser un message sur son répondeur. La sonnerie eut à peine le temps de retentir qu'elle décrochait.

– C'est toi, Philippe ? C'est gentil que tu m'appelles.

Son accent russe, sa voix inchangée, son ton incisif m'ont corné aux oreilles comme si nous nous étions quittés la veille. Mon impression s'est confirmée quand, montant sur ses grands chevaux, elle me conta les péripéties d'un voyage digne d'un roman de Jules Verne où elle avait été prise en filature et avait dû déjouer ses poursuivants. Je reconnaissais la tsarine russe, la Mata Hari, l'impératrice pourchassée dont j'avais été le hochet. Vingt-six ans n'avaient pas suffi à atténuer son goût pour le drame ni à calmer sa propension à épaissir des mystères qui n'en étaient pas. À ma question :

– Tu peux m'en dire un peu plus sur ce qui te préoccupe ?

Elle embraya :

– C'est une chose trop grave que je ne peux pas raconter dans le téléphone.

Je me suis bien gardé d'insister. Notre échange s'est refermé sur ma proposition de rendez-vous. Olga a souscrit sans tergiverser. Un bon point.

*

Il n'est pas dans ma nature d'être cachottier et je n'hésiterai pas, le moment venu, à parler de cette réapparition inattendue à Albane. Aujourd'hui, en l'absence du moindre indice sur ce qu'Olga attend de moi, je préfère garder mon épouse en dehors de cette aventure passée à peine évoquée entre nous. Je complique peut-être la situation là où tout pourrait être simple, mais quelque chose me résiste qui n'a rien à voir avec de la nostalgie mal placée ou une envie de m'encanailler.

Aux antipodes de l'incendie passionnel allumé par Olga, ma liaison avec Albane remonte à l'attentat du Bataclan perpétré le 13 novembre 2015. Hospitalisée à Saint-Laurent avec d'autres victimes, elle avait la partie droite du visage endommagée par une balle de kalachnikov. J'ai été son chirurgien de la face avant de devenir son confident, son ami, son amoureux, son soupirant. Notre mariage remonte à mars 2017. Onze années déjà. Albane est une compagne de vie merveilleuse, une présence de charme et de finesse qui me comble et ensoleille ma vie. Évoluant dans les milieux cinématographiques comme monteuse, elle se singularise par une douceur offensive, une subtile alliance entre gentillesse et exigence et son travail est très apprécié. Elle est la mère d'Éloïse, vingt-deux ans, diplômée en langues et en histoire, engagée depuis peu comme guide à Notre-Dame. Éloïse est la quintessence d'un mélange explosif qui allie beauté, insurrection, compétences et talents multiformes. Un feu d'artifice ! Pas une rencontre où je n'en prenne pour mon grade ou n'essuie quolibets et critiques de sa bouche sur les gens qui, comme moi, sont nés coiffés. J'accepte ses salves de bonne guerre tant notre relation est complice.

En vérité, mon métier et mes capacités ont fait de moi un homme fortuné et fort sollicité de par le monde. Vieil héritage de mon éducation, j'ai un rapport culpabilisant avec la richesse et une tendance à me refuser ce que l'argent pourrait m'offrir de superfétatoire. Simplement dit, je suis bien avec ce que je possède : un appartement spacieux au cœur de Paris avec vue imprenable sur Notre-Dame, une maison de pêcheur à Belle-Île, une place parmi les sculpteurs dans l'atelier de Justin. De quoi rêver de plus sans s'encombrer ? Le yacht, la voiture de luxe, la résidence princière entre soleil et piscine ne me tentent pas. En revanche, un beau projet, une belle action m'incitent à délier ma bourse. Je n'ai aucun mérite à agir de la sorte. Je ne suis simplement pas réceptif à cette boulimie accumulative très présente dans les milieux que je côtoie. Comment résister à une lettre de Varguise, mon ami indien, qui m'écrit « ... de 20.000 dollars, tu ne fais pas bon usage là où, avec la même somme, je peux agrandir une école et accueillir 40 enfants de plus. » ? Varguise est un amour sur cette Terre. Il donne à profusion alors même qu'il ne possède rien, fors deux bras pour aider et chérir, un regard pour consoler, un sourire pour soulager.

Sensibles aux mêmes outrages de vie, nous nous sommes trouvés pendant mes études. Cette conscience partagée nous a conduits en Inde, au Pakistan à une époque où je cherchais une utilité à ma vie. Les circonstances nous ont éloignés géographiquement l'un de l'autre sans que cela porte ombrage à notre amitié et à nos idéaux de jeunesse. Pauvre parmi les pauvres, Varguise se consacre aux plus démunis tandis que je m'échine à apporter mon écot à cette autre forme de dénuement qu'est la perte d'un visage.

De par ma profession, je brasse à pleines mains du rêve éteint et du bonheur broyé. Chacune de mes reconstructions me rappelle que le bonheur et la joie se proposent, se retirent, se réinvitent. Que ces deux bénédictions ne pèsent rien et ne s'achètent pas, vu qu'elles n'ont pas de prix. Qu'il faut les préserver, les chérir tant qu'elles sont présentes.

Je ne remercierai jamais assez la chance qui a mis Albane et sa fille sur mon chemin. Leur venue fut providentielle à une époque où le malheur frappa fort dans mon entourage, m'enlevant, d'un cancer, une mère que j'idolâtrais et ma petite sœur Alice, victime d'un chauffard. Que ferait-on sans la providence ? La providence est liée aux forces du ciel qui se mobilisent pour consoler les peines et les désespérances des hommes. C'est elle que je sollicite quand, menant une intervention délicate, j'ai besoin du petit coup de pouce qui favorise la guérison. En fait, la providence est une manne, une manne de générosité dont les dispensateurs sont anonymes. Elle nous advient dans l'inattendu là où l'espérance demeure une voie ascensionnelle à sens unique, un canal d'élévation qui emporte nos attentes ou nos prières et les remise on ne sait trop où.

Si ma propension à inclure les faveurs célestes dans le flux de ma vie trouve grâce aux yeux d'un Justin ou d'un Varguise, elle tombe à plat au sein de mon clan et, particulièrement, auprès de ma belle-fille dont les arguments sont imparables.

– Vous, les vieux (sic), vous feriez bien d'arrêter de croire au miracle ! On est dans le jus depuis dix ans avec les pandémies, le dépérissement de l'Europe et les déboussolements climatiques. Où vois-tu un geste de la providence dans tout cela ? On a cru en 22 que le covid était derrière nous, on s'est ramassé un retour de bâtons avec les effets pervers des vaccins et une reprise en force des contaminations en 26. Sur le plan géopolitique, ton bon Dieu n'a pas envoyé ses anges pour reconstruire l'Ukraine, consoler les familles endeuillées des deux côtés de la guerre. En Hollande, l'ouragan de novembre, qui a submergé les digues et provoqué le cataclysme que l'on sait, n'a pas été dévié par une main divine, que je sache. Les hommes ont viré leurs dieux, Philippe, et les dieux se sont fait la malle.

– Il y a les dieux, il y a le clos des bonnes âmes.

Éloïse me rit au nez.

– Il y a surtout la connerie humaine qui paie pour tout ce qu'elle n'a pas respecté.

Je capitule. Je préfère acquiescer. Qui suis-je, au fond, avec les petits emplâtres risibles que je propose à mes semblables pour les consoler ? Ma contribution à la réfection de ce monde n'est pas bien différente de celle du boulanger qui remplit tous les jours son étal de pains frais. Le métier que je pratique n'est qu'un apport microscopique dans le couloir tentaculaire des détresses, du rien du tout à côté des enjeux réparatoires que nécessite notre planète. Dois-je culpabiliser pour autant ou poursuivre mon petit bonhomme de chemin en me disant que tout ce qui est regagné sur la désespérance reste une victoire, si ténue soit-elle ? Certes, je pourrais militer avec Éloïse et Albane qui ne ménagent pas leurs efforts pour dénoncer avec feu ce qui a lieu de l'être. Elles sont formidables, l'une autant que l'autre, de croire en une renaissance possible là où, foncièrement, je pense qu'on n'est plus face à un mur mais dans le mur. Bien sûr, je me garde bien d'exprimer mon défaitisme en leur présence tout comme j'évite, pour en avoir fait les frais, l'épineuse question de la surpopulation de la planète qui reste pour moi une des causes principales de tous nos maux.

– Tout le monde a le droit de vivre.

Comme la plupart de mes amis et connaissances, je ne sais plus vers quel saint me tourner, car la réponse du monde politique est de moins en moins en phase avec ce qu'on peut attendre d'une bonne gouvernance. Quand je jette un œil sur les déviances de ces dernières années, j'y vois un pataugeage généralisé où santé et profit se sont entremêlés, où la guerre d'annexion en Ukraine a conduit à la régression économique et écologique de l'Europe et à l'implosion de la grande Russie. Quand le conflit s'est soldé, les deux camps ont clamé avec force trompettes et tambours leur victoire sans mentionner, bien sûr, les dégâts sans nombre qu'ils laissaient derrière eux. Et puis, la vie a repris son cours avec ses blessures, ses deuils, ses appauvrissements pathétiques, ses enrichissements éhontés. On ne change pas l'âme humaine. Dire que tout ce qui s'est passé a modifié nos comportements dominateurs reste à prouver. Les hommes sont indécrottables. J'écris cela sans me soustraire à ma part de responsabilité dans ce besoin d'emprise qui nous rattrape tous autant que nous sommes. Avoir du bien, de l'ascendant, de l'aisance nous réconforte, peu importe le dommage provoqué. Se départir de tout ce fatras renvoie à d'autres nos propres travers. Ce n'est pas pour rien que les gagnants d'un scrutin reproduisent, une fois élus, les dérives qu'ils ont combattues. Changer le monde n'est pas à la portée des hommes. L'améliorer à notre échelle est accessible mais le résultat est dérisoire. Le grand revirement viendra ou ne viendra pas de cette force providentielle qui nous dépasse complètement et dont on ne peut qu'espérer l'avènement. Cumulatives, les offenses au vivant sont aujourd'hui gravissimes et ce n'est pas un visage refait et un sourire remodelé par un chirurgien qui en sauveront la face. Devant l'immensité de la tâche, vers qui tourner nos prières ? Qu'on me le dise !

CHAPITRE 5

Les beaux jours d'été reviennent et diffusent dans l'air du soir une clarté orangée en prémices du repli rose et mauve qui installe la nuit. Albane est près de moi sur notre vaste balcon fleuri surplombant la Seine. Silencieux, nous contemplons la flèche de cristal qui décline les couleurs du soleil à son couchant. Quelques minutes encore et le vermillon y trouvera refuge. Cela me remue.

J'étais à Harvard en avril 2019 quand le feu a pris dans la cathédrale. Ironie de mon métier, je reconstruisais avec mon équipe le visage d'un jeune pompier gravement brûlé dans un incendie au moment où la nouvelle est tombée. Sous le choc, j'ai posé mes instruments sur le plateau, enlevé mon harnachement pour appeler Albane. Elle m'a répondu avec des larmes dans la voix. Depuis ce même balcon, elle apercevait des flammes qui perçaient sous un épais panache de fumée à l'embase de la flèche. J'ai suivi à travers elle l'escalade du feu, l'embrasement et, dans un cri d'émoi relayé par une foule éparse, le basculement de la torchère sur la cathédrale. J'entends encore le message fatigué d'Albane me rappelant une huitaine d'heures plus tard pour m'annoncer : « Le pire a été évité. Notre-Dame est toujours debout. »

Ma pauvre chérie avait battu le pavé toute la nuit avec Éloïse pour suivre de loin en loin la lutte des pompiers contre les forces du feu. Ce n'est qu'au petit jour qu'elle s'était couchée près de sa fille, une fois acquise la certitude que le monument pouvait être sauvé.

De mon côté, j'ai eu recours aux écrans pour glaner toutes les informations possibles sur l'ampleur du désastre. J'ai tremblé pour les vitraux, les grandes orgues, les innombrables œuvres d'art et de foi abritées dans le lieu saint.

Quand je suis rentré de Harvard, c'était l'avis des compagnons et des bâtisseurs qui m'importait. Au lieu de cela, j'ai eu droit à des discours de désolation en pagaille, de pompeuses promesses présidentielles, de la mobilisation indécente et ostentatoire du côté des grandes fortunes de France. Quand la question de la reconstruction fut évoquée, le débat est parti dans tous les sens. Des projets sans nombre sont arrivés sur la toile. Du meilleur et du pire. Du substantiel et du déconnant recadré par le président en exercice qui s'est montré plus passéiste que visionnaire : « La flèche sera refaite à l'identique. »

Justin n'a pas désapprouvé cette prise de position. J'entends son avis. Il est plus autorisé que le mien. Un compagnon reste un compagnon et, de mémoire de bâtisseurs, il ne se trouve pas d'artisans plus respectueux de la belle ouvrage et du bon outil que ces maîtres de la matière. Cela étant, j'aurais bien vu, comme annoncé par Emmanuel Macron quand les cendres de Notre-Dame étaient encore chaudes, un geste contemporain, symbolique, signifiant. Reconstruire en néo-gothique du XIXe siècle la flèche d'une cathédrale du XIIIe n'a de sens que pour son auteur. Amener du jamais vu, du lumineux inédit, de l'antidote à la noirceur ambiante ne correspondait-il pas davantage à une attente actuelle que revenir à de la copie conforme ? La question fut remise sur la table des décideurs quand un des quatre piliers qui portait la réplique de la flèche de Viollet-le-Duc s'affaissa de manière catastrophique à la suite d'une infiltration d'eau sous son embase. On démonta en toute hâte l'ouvrage d'art avant qu'il ne bascule. L'idée émise à l'origine de faire de ce symbole puissant un pari d'élévation et de lumière réapparut en haut lieu avant les présidentielles. Un repentir de fin de mandat. Pour cette troisième tentative, la solution du plomb recouvrant une charpente en châtaigner passa à la trappe au profit du verre. Une belle métaphore de la transmutation puisque le plomb et, plus précisément, la litharge, est la substance qui donne transparence au cristal. J'entends les mots d'Éloïse adressés aux visiteurs de la cathédrale : « Le plomb de l'ancienne flèche a retrouvé sa place et métabolise le verre en le transformant en or ce qui, en hébreu, signifie lumière. »

Je ne suis pas versé en alchimie (ni d'ailleurs en hébreu), mais je dois admettre que ce phénomène est saisissant. Où en sommes-nous avec le plomb du monde pour que s'opère le passage des hommes vers la Lumière ? De quelle quantité d'obscurantisme avons-nous encore besoin pour provoquer ce basculement salvateur ?

Quand la décision est tombée de doter Notre-Dame d'une flèche cristalline, je me suis réjoui. Mon enthousiasme s'est émoussé ensuite lorsque j'ai vu s'amonceler sur l'esplanade de la ferraille en quantité folle. L'ossature porteuse serait d'acier. Calculé par des ingénieurs hautement qualifiés, ce squelette robuste aurait mission de porter les 753 pendentifs de verres lamellés constituant l'habillage translucide. Je dois admettre que j'ai souffert durant toute cette période où la cathédrale fut coiffée d'un pylône octogonal hérissé de potences. Ce n'est que le jour où les bâches sont tombées révélant au grand jour la flèche de verre cristallin vrillée dans le ciel de Paris que la magie a opéré. Rien de ce qui appartenait à la structure métallique n'était visible. Captive de cette torsade étincelante, la lumière irradiait de partout.

Je dois à mon statut de chirurgien reconnu le privilège d'avoir été invité à cette prestigieuse inauguration en compagnie d'Albane et d'Éloïse.

Toute la crème politique et médiatique était présente. Les figures marquantes de l'Église, les promoteurs du projet, pareillement. La cérémonie débuta à l'extérieur avec le dévoilement de l'œuvre par une flottille de drones. Par chance pour les organisateurs, le temps, incertain le matin, avait viré au beau et on eut même droit à un coup de lumière dans la torsade au moment clé. Cette heureuse intrusion du soleil fut applaudie par les contemplateurs éblouis.

Appelés à nous rendre à l'intérieur de la cathédrale pour la suite du programme, nous avons été rejoints par Justin et ses tailleurs de pierre alors que nous suivions le flux des invités vers les portiques de contrôle. Le compagnon nous a accueillis avec amitié. Sans revenir sur sa préférence pour la flèche de Viollet-le-Duc, il a souligné la valorisation des statues des apôtres sur ce fond cristallin qui ruisselait comme une cascade pétrifiée. Il a dit apprécier l'alliance des deux matériaux, bronze et verre. Je n'ai pas dû me forcer pour renchérir. Et c'est là qu'Albane a parlé d'une rivière statufiée et Éloïse de verticalité de l'eau. Je me suis approprié leurs visions et l'image d'une rivière verticale a vu le jour en moi.

Une surprise de taille m'attendait à l'intérieur de la cathédrale où une poche incandescente rayonnait sous la flèche à la croisée du transept. La trouée causée par l'effondrement de la jonction des voûtes n'était plus refermée par de la pierre mais par un ouvrage de verre de la plus belle eau. En clair, la lumière qui se concentrait à cet endroit était la résultante de tous les rayonnements captifs de la torsade cristalline et l'irisation des milliers d'éclats inclus dans celle-ci. L'enracinement de la flèche était de lumière, ce qui signifiait que la rivière verticale se ramifiait au sein de Notre-Dame et non sur son toit comme un objet posé sur un socle. De la sorte, du lumineux était ensouché dans la cathédrale en même temps qu'il tirait de la même façon les regards, les espoirs, les implorations, les attentes, les prières vers le Haut. Cette dimension n'échappa pas à l'archevêque de Paris.

Dans son intervention, le prélat mit l'accent sur ce double flux. À la fois descendant et ascendant, ce va-et-vient n'était pas sans lui rappeler la circulation des anges gravissant et désescaladant la fameuse échelle de Jacob.

Plus prosaïque, le discours présidentiel remercia tel ou tel et n'éleva le propos qu'en péroraison : « Que cette flèche de lumière achemine les bontés de la providence dans la vie de chacune et de chacun. »

Les mots étaient lâchés et les médias firent le reste en baptisant cet élan de verre : « Flèche de la Providence ». Un raccourci heureux.

Agrémentée par un ensemble musical rassemblant une quarantaine d'instrumentistes, la réception eut lieu entre nef et transept. Un dispositif de surveillance renforcé avait été déployé et ce joug pesait sur l'assemblée.

Albane qui avait vécu dans sa chair la tuerie du Bataclan n'en menait pas large. Je la sentais fragile et j'ai proposé de rentrer avec elle, ce qu'elle a accepté sans se faire prier. Éloïse est restée avec ses amis, une bande sympathique d'historiens polyglottes connaissant la cathédrale dans ses moindres recoins.

Quelques mots échangés, quelques mains serrées et nous avons traversé le pont bras dessus bras dessous en commentant l'inauguration. Le portable d'Albane a sonné alors que nous marchions sur le quai. C'était Éloïse :

– Le service de sécurité a trouvé une bombe dans une boîte de violoncelle.

Albane a fait trois pas vers un banc de pierre tout proche, s'est assise et a éclaté en sanglots.

CHAPITRE 6

La semaine se termine et me rapproche du rendez-vous fixé avec Olga sous la flèche de Notre-Dame. J'en suis à m'interroger sur la pertinence de mon choix à cause d'Éloïse dont le terrain d'action est la cathédrale. Comme un imbécile, j'ai arrêté notre rencontre clandestine dans une aire de Paris où j'ai toutes les chances de croiser ma fille adoptive et de semer le trouble dans son esprit. Elle est proche comme personne de sa mère. Je préfère éviter ce faux pas. Il me reste deux jours pour annoncer la couleur à Albane et j'en suis à regretter de ne pas avoir joué tout de suite cartes sur table. La franchise m'aurait sauvé là où des manœuvres de rattrapage ne feront que m'enfoncer dans une justification bancale.

Revenir sur ce moment d'épanchement où je lui ai présenté Olga comme un cyclone dévastateur, un tsunami sensoriel, une noyade licencieuse ne simplifie pas les choses. J'entends encore la réaction révulsée d'Albane à l'évocation de cette dérive de jeunesse :

– Comment as-tu pu te faire manipuler de la sorte par cette salope ?

Ou plus incisive à mon égard :

– Tu as été un gros nigaud dans cette affaire !

Alors que j'étais à deux doigts d'éventer mon rendez-vous du 21 juin auprès de mon épouse, le problème s'est solutionné de lui-même. Éloïse ne serait pas dans les parages le jour dit. Elle avait demandé congé pour prêter main-forte à une de ses amies qui déménageait. J'ai accueilli la nouvelle avec soulagement. Mon plan initial pouvait se dérouler comme prévu sans le désagrément d'une inconfortable mise au point.

Dans la nuit précédant notre rendez-vous, Olga a débarqué dans mes rêves. Elle avait des cheveux rouges, bleus, verts, jouait la provocation dans des pauses reptiliennes. Elle m'a sorti de la salle d'opération où je travaillais sur le visage d'Albane, en me tirant par la blouse. Camouflé sous mon masque et mon calot, je l'ai suivie dans des couloirs où surgissaient des membres de l'équipe et du personnel soignant de la clinique. Je craignais d'être reconnu mais personne ne prêtait attention à moi. Nous sommes entrés dans une poche de lumière et Olga m'a couché sur une grande table puis a diminué l'intensité de l'éclairage pour se dévêtir. Nous étions dans un amphithéâtre qui se remplissait de monde. Je ne voyais personne mais j'identifiais des voix : celle de mon père, de ma mère, de ma sœur, de mon oncle jésuite, de mes collègues, de la standardiste, de Marie-Cécile, de Justin. J'ai capté le rire de Varguise qui répondait à celui d'Éloïse. J'ai appelé Albane qui s'est réveillée en sursaut. Nous étions dans notre chambre.

*

Le ciel est moucheté avec une large prédominance du bleu. Le temps est chaud et les terrasses sont bondées. Il est midi moins vingt quand je pénètre dans la cathédrale ce jour de solstice d'été qui marque la victoire annuelle du soleil sur la nuit. Peu de visiteurs dans l'édifice. Une vingtaine de pénitents en tenue blanche s'affairent sous la percée de lumière. Ils ont clôturé leur célébration. Appliqués à remettre le lieu dans l'état où ils l'ont trouvé, ils rassemblent fleurs, instruments de musique et autres accessoires avant de les embarquer. Quand les cloches sonnent midi, Olga rayonne au mitan exact de la flèche. Je ne l'ai vue ni s'approcher ni se positionner. Pourtant, elle est bien là, pareille à elle-même. Une vedette de rock voulant créer la surprise n'aurait pas procédé autrement. Elle m'a aperçu, je suis sûr, et ménage ses effets en regardant ailleurs pour que son entrée en scène ne démérite pas des héroïnes de Tchekhov. Elle est belle, insolemment belle. Je dois l'admettre. La robe qu'elle porte est légère, taillée à la diable entre le genou et le mollet, sauvagement décolletée. D'un jaune orangé, elle s'harmonise avec des sandales dorées dont les lacets escaladent ses chevilles. Portant d'une main un sac bariolé vert et rose et de l'autre, un chapeau de paille carnavalesque à voilette mauve, Olga transporte la preuve vivante qu'il n'est pas de couleurs qui ne se marient.

Un regard dans ma direction, un petit signe, la princesse russe quitte la rivière verticale tandis que je me déplace vers elle.

– C'est gentil d'être venu, Philippe, me dit-elle en m'embrassant du bout des lèvres sur la joue. Sans façon, elle me remet son sac qui l'encombre pour retourner sous le halo lumineux.

– Je ne t'ai pas vue apparaître.

– Normal, me lance-t-elle en pointant du doigt la trouée de la flèche, je suis passée par là.

Elle rit de sa sortie et c'est son espièglerie qui refait surface. Gagnant d'un pas martial le grand portail, elle fait volte-face sur le seuil, ajuste son chapeau et me commande plus qu'elle ne me demande :

– Tu m'invites au restaurant ?

– Cela va de soi !

Je lui indique la direction à prendre et elle me précède, comme si l'endroit lui était connu, jusqu'à ce petit établissement du quartier où j'ai réservé une table. Je retrouve son odeur, ses formes fluides et désentravées sous le chiffonnage doré de sa robe. Alors que mes intentions sont sans équivoque, j'éprouve une petite gêne et m'inquiète soudain d'être reconnu.

Un garçon nous introduit dans l'établissement et nous mène à notre place. Son choix ne convient pas à mon invitée. Une solution de rechange est proposée par la maison. Le chapeau gagne le vestiaire, le cabas reste à portée de main.

Enfin en tête-à-tête, je contemple Olga et la complimente sur sa beauté à peine effleurée par les ans. Déformation professionnelle, je dépiste sous son maquillage l'une ou l'autre retouche d'un collègue de ma spécialité autour des yeux et de la bouche mais garde le secret pour moi. De son côté, fidèle à son incurable spontanéité, elle m'assène :

– Mon pauvre Philippe. Quelle mine ! Tu travailles trop. Tu es tout bouffi. T'as des valises sous les yeux.

Que répondre ? Mon activité a été des plus intenses ces dernières années. Elle m'a amené aux quatre coins du globe pour des interventions éprouvantes. Elle n'a ménagé ni mon temps de sommeil ni ma paix intérieure. Je sais tout cela et tâche d'y remédier. Dans la foulée, Olga renchérit :

– Est-ce que ta petite femme s'occupe bien de toi, au moins ?

Ma réponse est sèche :

– On ne peut mieux, merci !

Je suis agacé du tour que prend la conversation : un jeu de pouvoir où elle cherche à rétablir sa suprématie. Du déjà vu, déjà vécu. Je lui enverrais bien à la figure qu'Albane est digne de confiance, qu'elle est bonne épouse et incapable de faire du tort à autrui.

– Si on parlait plutôt de ce qui t'amène ? Qu'est-ce que tu attends de moi ? En quoi puis-je t'aider ?

La succession hâtive de mes questions trahit mon énervement

et la reine des amazones descend de son piédestal pour retracer son histoire avec une soudaine simplicité. Ses yeux clairs subtilement bleus se fondent dans les miens pour ne plus s'en détacher. Ils donnent corps à l'amoureux avec qui elle a disparu au solstice d'hiver 2002, un certain Viktor Kabayev, avocat, chasseur de scandales, surveillé par Dame Russie pour son franc-parler politique. Viktor regorge de qualités. Il est beau, brillant, intrépide, un champion toutes catégories et dans tous les domaines. Il parle sept langues, écrit comme Pasternak, joue du piano comme Rachmaninov. Deux verres de champagne arrivent sur notre table tandis qu'Olga poursuit :

– J'ai épousé Viktor en avril. J'étais enceinte et Vladimir est né le 20 septembre 2003 à Novgorod.

Je jette un regard périphérique pour m'assurer qu'il n'est pas une connaissance dans l'établissement et suis rappelé à l'ordre par les yeux de husky d'Olga.

J'ai droit à présent à un panégyrique flamboyant du rejeton de Viktor. Même charme, même intelligence, même…

Mon portable frémit. Marie-Cécile. L'intervention prévue à Manchester est avancée d'une semaine. Toujours la course. Olga a sorti une photo de famille de son cabas. Les personnages évoqués acquièrent un visage. Le petit garçon est serein contrairement à son père dont la gueule taillée à la gradine porte l'empreinte de ses combats et d'un penchant manifeste pour l'alcool. Splendide au bras de cet homme qui pourrait être son père, Olga domine le monde.

CHAPITRE 7

Dans l'intimité de ce petit restaurant, je n'ai d'autre solution que de prêter l'oreille à ma revenante et de la contempler, tandis que les plats commandés nous arrivent : une limande braisée pour elle, une frisée aux lardons pour moi, du vin pour arroser nos retrouvailles. Mangeant toujours avec la même lenteur, Olga me sert du Viktor par ici, du Viktor par là. Vieux lion à bout de souffle, le dissident a passé le flambeau à son fils dont le retentissement comme « slagger » est planétaire si on en croit son exubérante maman.

– Tu connais le slag, Philippe ?

– Oui ! Vaguement ! Je sais que ça existe !

– Et Vlad Rashen, cela te dit quelque chose ?

Mon ignorance suscite un « Mais enfin, Philippe ! » sonore qui attire sur nous l'attention des tables voisines. Finie la discrétion. Pour rattraper la sauce, je demande à Olga :

– C'est un musicien ?

– Un chanteur, un poète magnifique, Philippe. Une icône.

– Ah bon ! Et pourquoi Rashen ?

– Parce que « Mirashencko ».

Le franc ne tombe pas tout de suite et elle fragmente :

– *Mi-rashen-cko.* Tu as oublié mon nom de famille ?

Elle rit et je retrouve ce parfum de légèreté qui m'enivrait dans ma jeunesse.

J'ai terminé mon assiette alors qu'elle en est encore à la moitié de la sienne.

Profitant d'un moment de mastication, je jette un coup d'œil alentour. Toutes les tables sont occupées par des touristes, Asiatiques pour la plupart. Décorant le mur qui me fait face, une reproduction grandeur nature de Gina Lollobrigida dans le rôle d'Esméralda. L'actrice était alors au sommet de sa splendeur. À proximité, le visage difforme de Quasimodo, porté à l'écran par Anthony Quinn, éclate dans toute sa laideur. La belle et la bête. Voilà un malheureux qui aurait pu être sauvé par la chirurgie que je pratique. Olga revient à la charge :

– Je suis vraiment étonnée que tu n'aies jamais entendu parler de Vlad Rashen. Il est connu de partout.

Me voilà à nouveau dans le collimateur comme le serait le dernier idiot ignorant l'existence de Mozart.

– Je suis confus. Ma culture a ses limites.

– Tu n'as pas entendu parler non plus de ce qu'ils ont fait à mon Vlad ?

Joignant le geste à la parole, Olga sort de son cabas une pochette contenant des photos et m'en met une sous le nez. J'y découvre le fameux Vlad défiguré par une giclée d'acide. J'encaisse le coup et dénie avant de relever la tête :

– C'est affreux ! Comment est-ce arrivé ?

Nous nous regardons et la maman fond en larmes, se décompose. Elle se mord les lèvres pour atténuer les spasmes qui la secouent. Son rimmel macule ses pommettes. Il n'y a plus d'impératrice, de princesse ou de tsarine mais une souffrance de chair et de cœur qui demande consolation. Je me sens raide, engoncé dans mes principes. Je n'ose pas lui dire que je l'aime encore, que je la prendrais bien dans mes bras pour adoucir sa peine, que je veux l'aider dans cette épreuve.

Mes yeux repartent sur les clichés et les interrogent. Le chirurgien qui m'habite dissèque chaque partie endommagée.

– Le bas du visage n'a pas été atteint en profondeur. Par

contre…

Le chagrin d'Olga s'amplifie. J'ai mal pour le grand fils, pour la mère qui attend de moi un miracle qui outrepasse les possibilités de la médecine.

– La brûlure est sévère et je ne vois à première vue d'autre recours que l'allogreffe faciale.

Je décris avec douceur et prudence le type d'intervention que je préconise pour m'apercevoir qu'Olga apporte moins d'importance au fait que Vlad retrouve figure humaine grâce au visage d'un mort qu'au délai nécessaire à sa revalidation.

– Quand serons-nous au bout de ce cauchemar ? Dis-le-moi, Philippe.

– Nous sommes fin juin. Dans le meilleur des cas, Vlad sortira du tunnel à la fin de l'année. Quelques opérations de retouches peuvent allonger ce délai. Si nous prenons tout de suite le problème en main, c'est autant de gagné. Tu me laisses les photos et je regarde avec ma secrétaire pour un rendez-vous.

Je téléphone à Marie-Cécile en attendant le café, tandis qu'Olga s'échappe du côté des toilettes pour se refaire une beauté. Ma secrétaire sursaute quand j'évoque Vlad Rashen. Elle connaît. L'affaire sera vite réglée.

Nos tasses sont servies. Dans son cadre doré, la provocante Esméralda me fixe de ses yeux noirs. Sa silhouette n'est pas sans me rappeler l'ensorcelante cosaque qui m'a conquise, étudiant. Quel personnage est mon double dans le roman de Victor Hugo ? Où ai-je ma place dans l'histoire ?

Ce questionnement s'interrompt quand Olga réapparaît repomponnée et altière. Plus la moindre trace de sa désolation. Notre rencontre touche à sa fin et je dois me dépêcher si je veux être à la clinique à 16 heures pour ma réunion.

– Merci, Philippe, pour l'invitation. Tu es toujours aussi gentil ! Merci pour Vlad.

Nous échangeons un chaste baiser sur le seuil de l'établissement. Olga se recoiffe ensuite de son vaste chapeau fleuri à voilette mauve et repart, princière, en direction d'une bouche de métro. Elle ondoie légèrement des hanches comme à l'habitude. On ne change pas une nature chaloupante. Mon taxi s'annonce et je m'y installe, rêveur. Je regarde l'heure. Je serai en retard. Avec Olga, il ne pouvait en être autrement.

*

Mon arrivée à la clinique a été saluée par l'arrivée en trombe de Marie-Cécile, ma sémillante secrétaire que nous appelons entre nous « Moneypenny » en référence au célèbre agent 007. La nouvelle selon laquelle Vlad Rashen pourrait être hospitalisé chez nous a déjà fait le tour de l'étage. Mon retard n'est plus qu'une broutille à côté de l'information qui circule.

Notre réunion hebdomadaire cravache l'ordre du jour pour en arriver au plus vite aux photos qu'Olga m'a remises au restaurant. Elles passent de main en main. Cédric Paraux ne prône pas l'allogreffe faciale. Je pouvais m'y attendre.

Dans la discussion avec l'équipe, ma lanterne s'éclaire sur la véritable personnalité de Vlad Rashen. Tribun poétique et politique adulé par la jeunesse, le *slagger* est un empêcheur de magouiller en rond, un dénonciateur des mainmises inadmissibles de la Grande Finance sur le vivant. L'agression dont il a été la cible a eu lieu à l'issue d'un méga concert qu'il tenait à Moscou il y a trois semaines. La presse soupçonne le lobby des pesticides d'être derrière l'attentat.

Je tombe des nues. Ce qui m'est raconté ne coïncide en rien avec ce que j'ai imaginé, à savoir une banale histoire d'infidélité suivie d'une vengeance perpétrée par un jaloux éconduit. Je comprends tout à coup la gravité de la situation.

Assis près de moi, Paraux n'en mène pas large et pour cause. Nous fûmes enlevés manu militari il y a douze ans et amenés sans ménagement dans un bloc opératoire clandestin pour transformer un brave type en sosie d'un magnat de la drogue colombienne. Un épisode traumatisant qui nous a poursuivis l'un comme l'autre pendant des années.

– Il est impérieux que l'admission de Vlad Rashen ne sorte pas de ces murs.

Je dis cela en sachant que l'information se répand déjà comme une traînée de poudre. Paraux reste silencieux. Le connaissant, je me doute qu'il n'est pas prêt à se mouiller dans cette affaire.

De mon côté, je ne reviendrai pas sur la promesse faite à Olga de m'occuper de son fils et, passant outre mes angoisses, je minimise le danger pour la clinique tout en conviant Hippocrate et son serment à la rescousse. L'équipe m'emboîte le pas, ce qui m'amène à conclure :

– Que chacun fasse le tour des personnes informées et exige de chacune la plus totale discrétion.

De retour à l'appartement, je suis rejoint par Éloïse qui rentre épuisée du déménagement de son amie. Comme si de rien n'était, je la questionne sur Vlad Rashen.

– Il est génial, me dit-elle !

Fine mouche comme sa mère, elle évente aussi sec mon dessein.

– Ne me dis pas que c'est toi qui vas reconstruire son visage ?

Ma surprise lui répond.

Oubliant sa fatigue, voilà qu'elle saute sur ses jambes et m'embrasse.

CHAPITRE 8

Retenue sur le tournage d'une série télévisée, Albane est rentrée en soirée. Elle m'a cherché dans l'appartement. Dans le bureau, devant l'écran, un casque sur les oreilles, j'écoutais du *slag* russe martelé en musicalité et souplesse par la voix rocailleuse de Vlad Rashen. De belles parties chantées alternaient avec du texte rythmé. D'une intensité hors du commun, la vedette incendiait la scène sous les regards envoûtés d'un public à sa dévotion. Sa ressemblance avec Olga m'apparut saisissante et j'ai retrouvé par éclairs la gestuelle amoureuse de la tsarine. Volés à un attelage de chiens de traîneau autant qu'à sa mère, ses yeux bleus hypnotisaient.

– Depuis quand t'intéresses-tu à ce type de musique ?

J'ai posé mes écouteurs et, bien décidé à ne plus mentir ni par action ni par omission, j'ai dit à Albane :

– Depuis aujourd'hui.

Elle a éclaté de rire et cela m'a ouvert l'espace pour lui raconter mon entrevue avec la mère du chanteur, la brûlure à l'acide de Vlad Rashen, mon intention de le prendre en charge avec mon équipe. Je m'attendais à quelques questions, réflexions ou mises en garde de sa part mais rien de tout cela n'a affleuré.

– Si tu estimes que tu dois intervenir, ce n'est pas moi qui t'en empêcherai.

Quand j'ai évoqué la question de la gratuité possible de mon intervention, elle m'a juste dit :

– On peut se le permettre.

J'ai été touché par sa sollicitude et son détachement.

Au lit où je me suis montré plus entreprenant que de coutume, sa tempérance a alors cédé la place à des larmes.

– Cette femme me fait peur, me lâcha-t-elle alors que je l'avais à peine évoquée.

Tout ce que j'ai pu dire à Albane de tendre et de rassurant n'a pas apaisé sa crainte. J'étais honnête pourtant, totalement acquis à notre amour. Battu en brèche par le grand nigaud que je ne cesserais d'être face à Olga, je pouvais, moi aussi, avoir de bonnes raisons d'avoir peur.

Le lendemain, j'ai confié à Marie-Cécile la direction des opérations de prise en charge de Vlad Rashen. Elle était ravie.

*

Olga m'a appelé vendredi vers 10 heures. En partance pour Moscou, elle a demandé à me voir et je lui ai proposé un rendez-vous à la clinique en fin d'après-midi pour aborder concrètement l'opération de son fils.

Les températures avaient chuté et la pluie rinçait Paris quand nous nous sommes revus. Elle est arrivée en retard comme à l'accoutumée. Superbe dans une pèlerine couleur tabac à larges pans, elle tranchait avec ce lieu froid et sans charme où j'officiais. Je l'ai introduite dans mon cabinet et elle s'est débarrassée de son manteau pour le poser sur un fauteuil. Hymne aux couleurs et aux parfums, sa tenue fleurissait la pièce. J'ai eu droit à un petit baiser de retrouvailles et au rituel : « Merci, Philippe. C'est gentil que tu me reçois. »

Affublé de ma doctorale blouse blanche, j'ai adopté un ton circonstancié pour lui expliquer, illustrations à l'appui, le parcours de combattant qui attendait Vlad. Elle m'a écouté docilement. Quand je me suis tourné vers elle pour lui demander si mes explications étaient claires et si elle avait des questions, elle m'a dit sur un ton neutre : « Tu sais, Philippe, j'ai vécu les plus beaux moments de ma vie quand j'étais avec toi. »

Sans l'arrivée intempestive de Moneypenny pour me signaler l'énervement du patient suivant, je faisais un arrêt cardiaque.

Je n'ai pas donné écho à l'aveu d'Olga et cela me reste sur le cœur alors que j'écris ces lignes. La conjugaison de mon éducation et de mon métier m'a rendu sec et je le déplore. Notre rencontre se clôtura sans effusion. Affublé de blanc, j'étais de plâtre là où, printanière sous son manteau, elle respirait la vie. J'ai reçu de sa part une clé USB rose à remettre à son fils en main propre. Elle a insisté sur la confidentialité de cette mission et sa dangerosité. J'ai joué le jeu.

– En dehors de toi et de Vlad, personne ne doit savoir.

À l'entendre, il s'agissait d'un document de la plus haute importance, une bombe médiatique que Viktor Kabayev avait sortie de son arsenal pour porter un coup fatal à des ennemis de haut rang. Olga restait fantasque, imaginative, mystificatrice et je n'ai pas pris au sérieux ses mises en garde.

Revenant dans mon cabinet après l'avoir reconduite jusqu'au sas d'entrée, j'ai appelé le patient suivant qui trépignait dans la salle d'attente. L'esprit ailleurs, j'ai enfoui distraitement la fameuse clé rose dans ma poche pour l'oublier tout aussi vite. Une fois quitte de mes consultations, j'ai fait un premier point avec mon équipe.

Au vu des documents dont on disposait, il nous a semblé que les parties osseuses qui donnent le relief au visage n'avaient pas été attaquées par l'acide. Cela m'a conforté dans l'idée de me tourner vers l'allotransplantation plutôt que l'autotransplantation que suggérait Paraux : un traitement certes plus périlleux mais dont le résultat serait plus homogène.

J'ai rejoint ensuite Albane pour une soirée cinéma. Bien qu'il fût finement interprété, je ne suis pas entré dans le film. J'avais Olga en tête depuis son passage à la clinique. Le dernier regard qu'elle m'avait adressé en déployant son parapluie était peiné et cela me poursuivait.

Au terme d'un fatras de complications et de reports dont je passe les détails, Marie-Cécile prit rendez-vous avec Vlad Rashen pour une première évaluation lundi à 11 heures. Il viendrait en voiture de Lausanne et j'ai juste espéré qu'il soit plus ponctuel que sa mère pour que ma journée ne se transforme pas en course-poursuite.

Le jour précédant sa venue, j'ai passé la soirée dans le bureau de notre appartement à visionner les photos, revues, vidéos, captations d'interviews et de concerts qu'Éloïse m'avait fournies. Dans la foulée, j'ai enquêté sur Viktor Kabayev, l'homme qui m'avait enlevé Olga. J'ai reconstitué le puzzle d'une vie passée entre contestations et incarcérations. Mystère que leur rencontre.

En revanche, l'attirance d'Olga pour ce beau ténébreux de vingt-cinq ans son aîné et prêt à tout pour combattre la corruption dans son pays ne m'a pas surpris. Je ne faisais pas le poids à l'époque face à ce redresseur de tort impavide vraisemblablement formé au maniement des armes et aux arts martiaux. À mille lieues de jalouser mon rival, j'étais fasciné par cet homme hors du commun à qui Olga avait donné un fils et consacré sa vie. Les photos récentes le montrant affaibli et prisonnier d'un fauteuil roulant m'affligèrent, et pour lui, et pour Olga si belle et désirable. Un moment, j'abaissai la visière de l'ordinateur et me pris à imaginer ce qui serait arrivé si notre mariage avait tenu. J'aurais abandonné la chirurgie pour la sculpture. On aurait eu des enfants. Olga se serait fabriqué un nom dans la mode.

Après cette douce rêverie, j'ai parcouru les extraits de journaux qui mentionnaient les coups d'éclat de Viktor Kabayev et cela m'a fait regretter de ne pas avoir approfondi le russe. Albane et Éloïse parlent l'une comme l'autre la langue de Tolstoï et lisent les auteurs dans le texte là où mes connaissances dans ce domaine sont restées rudimentaires.

Après Viktor, j'ai tapé par curiosité Olga Kabayeva sur le net. Des portraits en pagaille ont quadrillé la toile. Quelques clichés du couple ainsi que des photos de famille attendries autour de Vladimir Kabayev, l'enfant chéri, avaient leur place sur cette page. À ma grande surprise, j'ai reconnu Olga au cœur d'émeutes sanglantes réprimées par les forces de l'ordre, Olga armée d'un cocktail Molotov, Olga brandissant des calicots anti-Poutine. La clé rose m'est soudain revenue en mémoire. J'avais changé de blouse et l'autre avait été embarquée avec le linge sale.

Dans tous mes états, j'ai foncé à la clinique le lendemain de bonne heure. J'ai couru comme un fou jusqu'à la buanderie. Les machines tournaient. Sur l'une d'elles, dans un petit ravier en plastique, du petit objet et la fameuse clé rose destinée à Vlad. Par bonheur, mes poches avaient été vidées avant la mise en route de la lessive. Je pouvais respirer. Pour ne pas courir le risque d'une nouvelle distraction, j'ai confié la clé d'Olga à Marie-Cécile pour qu'elle en fasse une copie et j'ai remisé les deux clés en lieu sûr.

CHAPITRE 9

Il est 11 heures ce lundi. Vlad Rashen se pointe à la clinique à l'heure dite. Long manteau sombre, bonnet foncé, foulard de soie masquant un épais pansement, il débarque sous la protection de deux sbires et accompagné d'une ravissante métisse aux pommettes saillantes et aux yeux clairs. Affable, il me présente Meryl, sa fiancée et exprime son souhait de l'associer à l'entrevue. Nous en sommes aux préliminaires et j'accède à son souhait. Vlad parle un français impeccable et le grain de sa voix est mélodieux. Par contre, son élocution est entravée par la rétraction de ses lèvres. L'homme a de la prestance. Rien qu'à sa façon de se mouvoir, alors même qu'il n'a plus de visage, il remplit l'espace d'une force positive qui se respire comme un pain qu'on défourne. À l'inverse de sa mère, il n'est pas obnubilé par le besoin de séduire et son rayonnement n'en est que plus vif.

J'ai apprécié ce premier échange et la manière dont il a abordé l'épreuve qu'il traversait. Le jeune homme me confia le rapport de Benoît Lengelé, mon excellent confrère suisse avec lequel j'avais déjà collaboré et que je garde en haute estime. Sur un ton doctoral et un explicatif bien huilé, j'ai détaillé :

– Si, comme mentionné, nous partons d'une base osseuse saine, la reconnexion nerveuse et fonctionnelle au cerveau de toutes les terminaisons endommagées ou sectionnées peut s'envisager sans délai. Ce travail d'horloger est le nœud de l'intervention. Nos sentiments, nos pensées passent par la délicate plicature du masque cutané. La tristesse tire les traits vers le bas, la joie vers le haut. La colère contracte, le rire expanse. Notre rôle consiste à veiller au rétablissement d'une palette d'expressions qui soient naturelles. « Le visage est le miroir animé de l'âme. » Cette formule n'est pas de moi mais d'un de mes collègues…

Mon baratin s'effondra quand, terre à terre, Vlad coupa mes effets avec son retour sur scène et la série de concerts qu'il comptait donner en fin d'année.

J'ai différé ma réponse.

– Je ne peux rien promettre avant un examen facial approfondi.

Toujours à pousser le bouchon, Marie-Cécile qui était présente regagna aussitôt son bureau pour lui intercaler un rendez-vous en fin de semaine. Un nouveau tour de passe-passe.

Ce fut le moment choisi par Meryl pour se tourner vers Vlad et lui glisser quelques mots à l'oreille.

– Ma mère vous a confié une clé rose…

Je la sortis du tiroir où je l'avais rangée et la lui remis. Sur un « merci » courtois, il la donna à sa fiancée qui l'enfouit dans son sac. Fidèle à un protocole éprouvé, j'en vins aux mises en garde, déconseillai alcool, tabac et stupéfiants à partir de ce jour. Un échange de regards entre Vlad et Meryl m'indiqua que le message avait été entendu.

L'essentiel étant dit, la conversation dériva sur les dernières dégradations climatiques pendant que je reconduisais le couple jusqu'au sas d'entrée.

Dehors, les sbires fumaient une cigarette sous l'auvent. Sur ce très court trajet, quelques mots furent échangés sur Olga, son retour en Russie, sa vie là-bas. Pas assez pour rassasier ma curiosité.

Le cœur encombré, je me suis tourné vers Albane pour lui proposer une soirée théâtre. Un taxi me prit en charge et je regardai à plusieurs reprises derrière moi pour m'assurer que je n'étais pas suivi. La garde rapprochée de Vlad, l'importance accordée à la récupération de la clé rose me stressaient. Cet état de choses me ramenait insidieusement au souvenir traumatisant du sosie de ce ponte de la drogue colombienne que nous transformâmes, Paraux et moi, contraints et forcés. Malgré la légèreté de la pièce, ma nuit fut mauvaise.

*

Vlad Rashen est entré en clinique le vendredi 30 juin au matin. L'examen minutieux avec mes assistants de sa brûlure à l'acide nous a fixés sur la marche à suivre et la succession des étapes nécessaires à la reconstruction de son visage. Après l'allotransplantation, séjour d'une semaine de suivi rapproché aux soins intensifs puis six mois minimum de rééducation sévère afin de récupérer progressivement la sensibilité et ensuite la mobilité des traits du visage et, enfin monitoring clinique continu, pendant des années, pour détecter et traiter un ou plusieurs rejets possibles. Tout ceci sans prendre en compte d'éventuelles opérations de retouches décidées en fonction de l'évolution et des besoins. Vlad encaissa le coup. Il espérait une revalidation plus rapide.

– Je devrai me faire à Paris, me dit-il.

J'ai profité de sa confidence pour l'interroger sur l'endroit où il séjournait et son degré de confort.

Sans le situer dans la métropole, il m'a décrit son point de chute. Celui-ci couvrait trois étages d'un immeuble incluant une vaste salle où il pouvait poursuivre ses activités musicales.

– Ma mère ne fait pas les choses à moitié. Vous la connaissez !

J'ai acquiescé de façon trop appuyée et ma mimique a suscité chez lui un début de fou rire.

– Toutes mes excuses ! J'avais oublié ! Cette situation est tellement incongrue.

J'ai fait l'impasse sur cette saillie tout en espérant que ce n'était pas mon association physique avec Olga qui avait déclenché son hilarité. Pour ne pas en rester là, j'ai jugé opportun de dire :

– Votre mère est un personnage hors du commun.

– Admirable et invivable.

Le ton employé exprimait une vieille douleur, une fêlure. Je n'ai pas eu besoin qu'il détaille ces deux adjectifs. Je connaissais Olga et je l'imaginais bien apparaissant et disparaissant, tour à tour tendre à l'excès pour son fils et son homme puis soudainement absente et inatteignable.

Quand ce premier examen fut terminé et que je me retrouvai seul dans mon cabinet, je ne résistai pas à l'envie d'appeler Olga. Nous nous étions à peine revus et j'étais mécontent de la manière dont j'avais géré nos retrouvailles. À l'autre bout de mon portable, une voix m'informa : « Le numéro composé n'est plus attribué ! » Je fus déçu.

*

Le week-end qui s'annonçait arriva à point nommé pour me changer les idées. Après deux mois de privation, je rejoignis l'atelier de Justin pour avancer sur une gargouille en pierre d'Aubigny dont j'avais ébauché la forme. Un chantier de sculpteurs est un endroit de métamorphoses. C'est avec émerveillement que je découvris l'avancement d'une suite de personnages bibliques destinés à la cathédrale de Sens. Sortant mes outils de frappe du coffret cadenassé où ils étaient remisés, je me mis à la besogne. Justin ne tarda pas à se manifester. Il ouvrit le haut volet métallique qui donnait sur l'extérieur et la lumière s'engouffra dans le grand hall.

– Tu nous as manqué, me lança-t-il en signe de bienvenue. Nous nous fîmes l'accolade. Nous prîmes des nouvelles l'un de l'autre. Nous abordâmes nos soucis. Untel a quitté l'entreprise. Le système de levage du pont roulant a rendu l'âme. De mon côté, j'ai testé Justin en lui parlant de Vlad Rashen. À ma grande surprise, il me fixa de ses yeux malicieux :

– C'est un phare !

– Et d'où tiens-tu cela ?

– De mes hommes.

– Je ne vois pas le rapport.

– Il y en a un. Je t'expliquerai.

Là-dessus, il gagna sa place, reprit mailloche et gradine et se remit à la taille d'un Jérémie dont l'original n'était plus qu'une vague coulée de pierre. Nos outils conversèrent. Le temps ne pesait plus et la journée passa comme un charme avec ses interruptions, ses échanges, ce moment où on boit un coup d'eau, un café, cet arrêt pour casser la croûte. Justin m'invita dans son petit local pour le ballon du soir qu'il agrémente toujours de carrés de saucisson sec taillés avec son opinel. Il revint sur « le phare » :

– Ce sont mes apprentis qui l'appellent ainsi. Leurs attentes, leurs indignations, leur soif de changement trouvent écho dans les propos de ce *slagger*. Ils ne sont pas les seuls. La jeunesse russe s'abreuve à sa musique, à sa poésie, s'associe à ses provocations, s'insurge par sa voix contre les abus de pouvoir et les méfaits de l'argent.

Je jouai l'avocat du diable.

– Ce n'est jamais qu'un *slagger*.

– Détrompe-toi, Philippe ! Le peuple consacre et comme

le politique n'a plus sa confiance, il cherche son ancrage ailleurs.

– Tu me dis qu'un Vlad Rashen pourrait changer la donne à l'échelle de la Grande Russie ?

– Maintenant que Poutine est sorti de l'échiquier, Vlad Rashen a sa place dans la partie. Son discours centré sur des choix éthiques et environnementaux bafoués en hauts lieux est suivi par des millions de personnes et ce n'est qu'un début. Sauf atteinte à sa vie, il peut devenir d'ici un an ou deux la voix de l'Inadmissible face aux prédateurs politiques et financiers qui s'approprient la planète.

Et d'ajouter :

– C'est amusant que tu me parles de Vlad Rashen. Te connaissant, le *slag* n'est vraiment pas ton truc. Dis-moi si je me trompe.

CHAPITRE 10

Je ne cache jamais rien à Justin et cela ne m'a pas empêché de passer sous silence la brûlure à l'acide de Vlad Rashen et mon rôle réparateur dans cette affaire. De quoi avais-je peur au juste avec un ami aussi proche ? S'il y a quelqu'un capable de garder un secret, c'est bien lui.

De retour à l'appartement, mes chéries étant sorties, j'ai pris le temps de prendre un bain. Je gagnais le balcon quand mon portable a sonné. C'était Olga.

– Je ne te dérange pas ?

– Du tout, je suis ravi de t'entendre. Tu vas bien ?

– Je suis très épuisée.

La conversation tourna autour de son quotidien et du caractère difficile de Viktor que son handicap rendait de plus en plus ombrageux.

– Il est de moins en moins gentil avec moi, me confia-t-elle.

Pour rattraper sa confidence, elle incrimina la torture et la prison de Koprov où il avait purgé plusieurs peines. Elle évoqua aussi la défection de camarades de la première heure matés par les brimades du pouvoir. Un moment de silence et je fus assailli de questions sur Vlad.

– Comment va-t-il ? Comment tu le trouves ? Est-ce qu'il t'a parlé de l'immeuble où je l'ai installé ? Est-ce que cela lui convient ? Est-ce que l'intervention s'annonce bien ?

M'interdisant de lui reparler d'allogreffe, de coma artificiel et des six mois nécessaires au rétablissement partiel de son fils, je l'ai rassurée. La conversation s'allégea. J'évoquai une opération similaire en Hollande qui reste un fleuron de ma carrière. Elle me rappela une escapade à Amsterdam, une nuit particulièrement torride dans le quartier Rouge où nous avions dépassé les bornes. La honte me rattrapa, tandis qu'elle libérait ce rire pourfendeur qui la singularisait. Pour sortir de ce chapitre, j'évoquai les photos d'elle que j'avais vues sur internet lors de manifestations durement réprimées et saluai son courage.

– J'ai connu dans l'enfance des choses bien pires. Tu sais bien.

Je n'ai rien oublié de ce qu'Olga m'a raconté des violences qu'elle a subies. J'ai même mis un visage sur le vieux médecin de famille qui abusa d'elle à onze ans. Même chose pour cet oncle proxénète qui la livrait à ses amis, tel un oiseau au chat. Le temps n'a rien effacé de ses confidences faussement désinvoltes ni de ses moments de perdition complète où elle fondait en larmes et réclamait la mort.

Acteur pitoyable d'un spectacle incompris, je jouais mal la compassion pour n'avoir effleuré que de très loin la souffrance. Je me voulais empathique et j'étais pathétique. Capable de disserter sur tout, je ne comprenais rien. Le bruit de l'ascenseur a écourté notre échange. Albane et Éloïse rentraient.

– Ton coup de fil m'a fait du bien, lui ai-je dit.

La porte s'ouvrait quand j'ai mis fin à notre échange avec un sentiment de trop peu.

Aiguillonné par ma conversation avec Justin, je me suis plongé dans les combats de Vlad Rashen avec une acuité renouvelée. Le leitmotiv de toutes ses compositions était le mot « inadmissible », « Nedopustimyy » en russe. Il surgit tel un cri de ralliement dans du texte engagé.

« Ils nous ont donné leur parole/On leur a donné notre

voix/Ils nous ont filé des babioles/nous ont servi des fariboles/Quand on a réclamé nos droits/On s'est pris des coups sur les doigts… » Ailleurs : « Plus d'eau à boire, plus d'arrosoirs, ânes bâtés, mauvais côté, les riches trichent, chacun sa niche. T'as pas la fève, demain tu crèves. »

Au centre des projecteurs, Vlad Rashen est la partie visible d'une île flottante qui compte des centaines de révoltés et d'artistes attachés à ses concerts. Son parcours musical est axé sur tout ce qui crie vengeance au ciel. Les abandons de migrants en mer, la magouille boursière et politique, l'appropriation des biens communs à des fins privées, le mépris de l'émission carbone par les extracteurs de combustibles fossiles et j'en passe. Les lieux arrêtés pour ses spectacles sont emblématiques : camps de réfugiés dans les Balkans, champs de ruines en Ukraine, plateformes spéculatives, paradis fiscaux, pays ravagés par la guerre. Avec son groupe, Vlad Rashen a écumé une centaine d'endroits qui stigmatisent l'infamie de l'humanité pour donner corps et visibilité à toutes les formes de destruction de la vie.

« De sève ou de sang, nous sommes à même enseigne habitants d'une Terre qui saigne, vivants dans le vivant, souffle attisé par le vent… »

Albane et Éloïse ont toutes deux leur Carte d'Identité d'Habitant(e)s de la Terre et y accordent beaucoup d'importance. Ce mouvement fut fondé sur les hauteurs de Vérone en 2018 par des humanistes ligués contre l'appropriation du vivant et sa marchandisation.

« Des gens de tous pays avec des cœurs comme des armoires. », ce sont les mots d'Éloïse. Je me dois de dépasser mon désamour pour les documents qui vous cataloguent et gonflent vos poches pour me rallier à ce regroupement citoyen arbitrant de façon symbolique les iniquités de ceux qui détiennent ce monde par le canal exclusif du profit. L'idée est séduisante : une foule éclatée de dissidents opérant sans armée, sans légitimité sur le plan international, sans visage et dont la force de persuasion tient dans le nombre d'adhérents et dans l'avalanche de signatures qu'elle peut générer. Qui peut résister à la puissance d'un « non » rassemblant un milliard de désapprobateurs ?

Je repense à ce que m'a dit Justin sur le « phare », la voix de l'Inadmissible et, pourquoi pas, la voix sans visage des Habitants de la Terre. Le noyau qui se mobilise autour des concerts de Vlad Rashen appartient à cette mouvance tentaculaire en quête d'un juste retour aux valeurs de vie et de respect.

Sur la proposition d'Éloïse, nous avons visionné tous trois le spectacle que Vlad Rashen a donné à Paris-Bercy il y a un an. Un monument de technologie au service d'un mot déclinant la somme des scandales qui assassinent la Terre. INADMISSIBLE. Éloïse qui était présente ce soir-là, petit point parmi 20.000 spectateurs, a revécu l'émotion du moment à travers cette captation sublimée par des images. Brassant plusieurs langues, le concert touchait à l'universel. L'appoint d'artistes invités chantant le russe, l'anglais, le français et l'allemand accentua encore cette ouverture au monde. « Inadmissible » fut martelé comme fer rougi sur l'enclume, repris en masse par un public survolté. Vlad Rashen a planté ses flèches. Il était la parole des sans-voix, la voix des écrabouillés, des révoltés impuissants, un phare rassembleur des lumières perdues dans la tempête des hommes. Moi qui ne jure que par la musique classique avec une attirance pour le romantisme slave et français, j'ai été soufflé par cet objet multiforme qui contracté pouvait s'apparenter à un cri. Un cri énorme et déchirant, un cri éminemment nécessaire pour enrayer la grande machine broyeuse qui transforme cette planète vivante en mouroir coté en bourse pour assurer le surenrichissement de milliardaires.

– Vlad Rashen a payé de son visage la cause des Habitants de la Terre.

Ma réflexion percute Albane marquée elle aussi dans sa chair par la barbarie de fondamentalistes.

– J'ai peur, Philippe ! Je ne veux plus que cela recommence. Je n'ai pas la force. Éloïse me précède et entoure sa mère de ses bras. Je n'en mène pas large et me retranche derrière des généralités sur la place à part des soignants dans les conflits armés. Du discours creux qu'Éloïse recentre sans ménagement :

– Vlad Rashen mérite notre courage.

Je me veux rassurant :

– Il s'agit juste d'un mauvais moment à passer. Tout ira mieux une fois que l'opération sera derrière nous.

Je dis cela et je ne me crois pas moi-même. Je ne répare plus un défiguré à l'acide mais un cri accusateur que d'aucuns cherchent à museler. Albane n'est pas seule à paniquer. Je suis, moi aussi, mort de trouille.

CHAPITRE 11

Nous sommes le 4 juillet. L'opération a lieu ce mardi. Je suis au pied du mur. L'établissement français des greffes vient en effet de me faire savoir qu'un jeune donneur était disponible. Joseph C, 22 ans, en état de mort cérébrale à la suite d'un accident de la route. Son visage est intact. Les tests de compatibilité HLA sont probants. Un coup de chance. J'épluche l'épais dossier qui concerne le donneur, vérifie chaque détail. Carnation et pilosité ne représentent qu'une petite partie de mon expertise. Des photos de ce Joseph C accompagnent le rapport médical et elles me déchirent le cœur. J'y déchiffre l'histoire d'un garçon heureux, bien entouré, aimant la fête et choyé par un charmant petit bout de femme débordant d'amour. Pourquoi lui et pas un autre ? Je lis les quelques mots qui résument sa vie. Une mère seule, une formation dans une école d'horticulture, un boulot stable dans une pépinière, un mariage annoncé. Je pense aux arbres et arbustes qu'il a plantés et qui verdoient, aux rosiers greffés par ses soins et qui donnent des fleurs. Une phrase me revient en mémoire : « La mort du jardinier n'est rien qui lèse un arbre. Mais si tu menaces l'arbre, alors meurt deux fois le jardinier. » J'essaie de m'abstraire de ce drame pour m'attacher au défi de ressemblance que je vais relever. Je pense à Justin. Armé de ses outils, il est capable de sortir d'un bloc de marbre la parfaite réplique d'un visage. Avec tous les moyens informatiques dont je dispose, je compare la figure de Vlad à celle de Joseph C. Vues de Profil puis de face, les têtes tournent, se superposent. Pour autant que la greffe garde ses contours et vienne se mouler comme un linge humide sur l'infrastructure osseuse largement préservée de Vlad, le résultat sera approchant sans être rigoureusement fidèle. Une restauration reste une restauration. Gabor, Brice et Sybille, mes assistants, donnent leur point de vue, apportent leurs éclairages, anticipent les embûches. Ils me rappellent qu'un visage est un regard, une voix, une mobilité propre et non un simple masque cutané. Ce qui est vrai pour le commun des mortels l'est moins pour Vlad Rashen qui est une icône médiatique approchée sous tous les angles par les caméras, un familier de l'image pour des millions de spectateurs. Je redoute le disgracieux, la dissonance, la difformité qui heurte l'œil. Je crains par-dessus tout le moment de vérité, l'épreuve du miroir où, transplanté, Vlad découvrira la modification de son apparence et son étrangeté. Ce déficit sera plus palpable encore dans le regard des autres qui sursauteront en le voyant. J'espère que, dans son cas, la singularité l'emportera sur la laideur. On peut être attirant en dehors des canons véhiculés par la publicité et la mode. Le glabre, le pommadé, le lisse sont des partis pris. Le burinage du visage d'un Justin d'où ressortent des yeux intenses et une moue débonnaire oblique donne accès à un paysage plus riche, plus hospitalier. Mon vœu pour Vlad Rashen est d'effacer la disgrâce et de lui rendre la palette de ses expressions. Redonner figure suffit à mon humble tâche. Transfigurer n'est ni mon ambition, ni, d'ailleurs, mon objectif.

*

Moneypenny a pour devise : « Celui qui en fait assez peut en faire plus. » Généreuse à souhait, mon infatigable secrétaire a mis le meilleur d'elle-même pour que l'hospitalisation de son protégé soit agréable. Elle a rempli le frigo, fleuri sa chambre et, sans le blocage de la cheffe de service, elle aurait installé des rideaux colorés aux fenêtres et, que sais-je, des posters aux murs.

Vlad Rashen s'est pointé à l'accueil à 16 heures précises comme convenu. Avec lui, une femme d'âge mûr et deux hommes en plus des sbires du premier jour. Il m'a présenté ses accompagnants : Macha, Fedor et Pavel, une équipe de tournage. Sur son insistance, je les ai reçus avec lui dans mon cabinet. Alors même que je m'apprêtais à lui rappeler par le menu la très lourde intervention qu'il allait subir, il me coupa l'herbe sous le pied :

– J'ai besoin d'images ! Je souhaiterais filmer les différentes étapes de mon opération.

Cette demande inappropriée m'irrita et je durcis le ton.

– C'est hors de question. Nous opérons en milieu stérile. Le risque d'infection dans ton cas est extrêmement élevé. Ce qui se prépare est un travail d'horloger, pas une foire aux boudins… Ce n'est pas un spectacle non plus, mais une immersion dans le mystère complexe des rouages anatomiques que seuls les initiés peuvent comprendre. Ces images de chair et de sang te blesseront le regard : elles ne t'aideront pas à te reconstruire.

L'artillerie de mes arguments ne suffit pas à le désarçonner.

– Nous installons deux caméras et l'équipe ne doit pas être dans le local. Où est le problème ?

Sa désinvolture m'agaçait et je revins à la charge avec la froide description de ce qui allait se passer : crâne mis à nu, nerfs à vif, muscles sanglants coupés et pris momentanément dans une toile d'araignée de fils repères pour être retissés entre eux par la suite. Langue ballante dans une bouche sans lèvres ni joues jusqu'à la fermeture de toutes ces structures, les unes sur les autres, plan par plan, de la profondeur jusqu'à la surface de la peau. J'évoquai aussi la souffrance lancinante qui l'attendrait en cas d'échec causé par une infection ou une maladresse consécutive à la présence en salle d'opération de personnes étrangères aux contraintes de la chirurgie et, enfin, le calvaire prolongé qu'il devrait alors affronter au gré de multiples interventions de rattrapage.

Vlad Rashen me cloua alors le bec sur cette phrase :

– Au Pakistan, une femme est vitriolée tous les deux jours et c'est inadmissible.

*

Après une longue séance récapitulative avec Sybille, Brice et Gavor, nous sommes passés par la salle d'opération pour nous assurer que tout était en ordre. Deux caméras avaient été suspendues discrètement aux structures en place. Je suis monté ensuite rendre visite à Vlad et j'ai croisé Meryl dans le couloir. Repliée sur ses inquiétudes, elle regagnait petitement leur refuge.

– Il n'a pas souhaité que je reste pour la nuit.

J'ai été traversé par une vision d'adieux sur un quai de gare et lui ai dit :

– C'est juste un voyage de quelques jours. Il sera vite de retour.

Elle m'a regardé en forçant un sourire puis a poursuivi son chemin sur un « Bonsoir docteur » à peine chuchoté. À voir sa silhouette, l'idée m'a traversé qu'elle était enceinte.

Vlad téléphonait en mode sonore quand je suis entré dans sa chambre. Il parlait russe avec un homme à voix grave et directive. J'ai entendu « Olga » dans la conversation et j'en ai déduit que son interlocuteur était Viktor Kabayev, son père.

– Ma mère se fait un sang d'encre et projette un voyage à Paris, soupira-t-il. Il va falloir se la farcir.

Je ne m'attendais pas à cette réflexion triviale et j'ai tout de suite embrayé sur le coma artificiel où il sombrerait le lendemain pour une durée encore indéterminée. Je lui ai dressé un topo de l'intervention. Il était inquiet mais cela ne l'a pas empêché de me poser des questions sur mon métier, sur ma famille, sur mes loisirs. Je l'ai, pour ma part, interrogé sur le couple Kabayev et son amour inconditionnel pour ses parents m'a ému.

– Ils sont aussi fous l'un que l'autre, aussi géniaux. Mon père aura passé le tiers de sa vie en prison et ma mère la moitié de la sienne à batailler pour qu'on le libère. Quand ils sont ensemble, ils s'entretuent. Quand ils sont séparés, ils se réclament à cor et à cri.

Un rire de légèreté ponctua cette réflexion. J'appréciai ce moment inattendu de complicité qui m'indiqua que sa confiance m'était acquise. Nous nous quittâmes presque familièrement en nous serrant longuement la main.

*

Ce n'est pas dans mes habitudes mais, plutôt que le taxi habituel, j'ai pris le métro pour rentrer. Les courants d'air âcres des bouches, les gros soupirs pneumatiques, l'odeur caoutchoutée des couloirs, la promiscuité des gens, les publicités arquées sur du carrelage blanc exacerbent nos sens. Ce soir, je vois Paris comme une peau vascularisée par des artères multiples connectées entre elles et formant un réseau dense d'irrigation, d'aération, de drainage. De la canalisation à outrance, des anastomoses sans nombre qui ne sont pas sans me rappeler ce qui m'attend dans les jours qui viennent avec la reconstruction du visage de Vlad Rashen. Anonyme au milieu d'anonymes, j'observe les navetteurs massés dans la rame, arrête mon regard sur un gaillard tatoué et barbelé de partout : un chef-d'œuvre de dénaturation contrôlée. Étrangeté que ce recours au discordant pour attirer l'attention. Machinalement, je cherche le naturel derrière la crête colorée, l'encrage, le piercing. De la déformation professionnelle qui s'interrompt à Sébastopol avec la sortie du champ de l'individu. À mon tour, un peu plus tard, de quitter le métro, station Saint-Michel. La nuit s'annonce chaude. Je rentre en pensant à l'opération prévue pour demain. Le cœur me serre alors qu'il n'est rien sur le plan technique que je n'aie expérimenté. Je regarde soudain derrière moi pour m'assurer que personne ne me suit. Inexplicablement, je force le pas.

CHAPITRE 12

Vlad Rashen est sous médicaments hypnotiques et sédatifs depuis ce matin, un cocktail soigneusement dosé par Françoise, notre anesthésiste. L'intubation est prévue via un orifice aménagé dans la trachée au bas du cou. Comme l'orfèvre qui oublie combien l'or est précieux, je me détache de la personnalité du fils d'Olga pour travailler sur sa matière corporelle. L'angoisse qui s'immisce en moi avant chaque intervention délicate me lâche. Je redeviens artisan et me remémore que j'ai de bonnes mains, un vrai savoir-faire, une expérience solide. Ce visage qui m'est confié, je suis en mesure d'ajuster chacun de ses rouages anatomiques avec la même précision qu'un luthier en charge d'un stradivarius. C'est ce que je me dis. Pour m'assister, je peux compter sur Gabor, Brice et Sybille, un trio de collaborateurs éprouvés qui excellent chacun dans leur domaine. En ce qui me concerne, je me réserve la tâche délicate et économe du parage des chairs endommagées, de l'ablation de toutes les cordes cicatricielles qui rétractent le visage et font de lui un édifice immobile. C'est moi aussi qui, aux frontières des tissus sains, reconnecterai tout ce qui peut l'être au greffon : une vingtaine de muscles peauciers fins et délicats, une série de dix branches nerveuses motrices et sensitives, au moins deux artères et deux veines, une berge cutanée découpée avec une parfaite symétrie dans des plis naturels pour devenir peu visible une fois suturée. Je travaille à la fusion de deux matières, ni plus ni moins. Le visage du donneur conservé dans un liquide n'appartient plus à Joseph C, la face décharnée que j'ouvrage avec mes ciseaux n'abrite plus la personnalité de Vlad Rashen et c'est tant mieux. À part de rares moments où je passe le relais pour m'accorder quelques minutes de repos et de réflexion, je ne décroche pas sachant que le moindre geste imprécis de ma part ou la plus petite maladresse de mes aides peut compromettre la réussite de l'œuvre que nous menons ensemble.

*

Cette intervention m'a mis sur les genoux. Je n'ai qu'une hâte : partir quelques jours à Belle-Île avec Albane, libérer ma tête de ce carcan chirurgical aseptisé qui vous asphyxie à la longue. J'ai un besoin énorme d'espace et d'air salin, de cieux en bataille, de massifs rocheux frappés par la mer.

Le monde se contracte dans une salle d'opération et le travail de reconnexion que nous avons effectué sur le visage de Vlad n'a pas élargi d'horizons. Dans le taxi qui me ramène à l'appartement, je me détends en même temps que je ressens le lâcher-prise de Paris à l'approche de la fête nationale et de ses feux d'artifice. La nuit tombe et l'heure est aux répétitions générales avec l'éclairage de monuments emblématiques de la capitale. Notre pauvre flèche n'échappe pas à ces éructations lumineuses. Du bleu, blanc, rouge alterné. Le faste des États ne rime pas avec la finesse et nous n'échapperons pas cette année encore à du bombardement visuel et sonore rappelant à notre galaxie combien grande est la France.

Albane a dressé la table sur la terrasse. Petit lieu fleuri en face de Notre-Dame, ce balcon spacieux nous happe dès que le soleil montre un œil. Fatiguée, elle aussi, par des mois de montages filmiques, elle aspire autant que moi à retrouver cette maisonnette de pêcheur que nous possédons à Sauzon.

– Qu'est-ce qui nous empêche de partir ?

Je balaie tous les prétextes qui pourraient me retenir à Paris ou m'amener sur d'autres tâches et je décrète :

– Rien !

*

Deux jours plus tard, nous reprenons nos marques dans ce petit port insulaire qui est de sable ou d'eau en fonction des marées. Vient notre tour de nous reconstruire à travers des balades, des soirées festives entre amis, des activités indolentes assumées sans honte. Enfin du temps pour lire, pour remonter aux origines de la planète sur le rocher du Skeul, pour rêvasser face au grand bleu dans la piaillerie de mouettes et d'enfants. Seule petite entorse en cette période de répit, le coup de fil de 18 heures 30 de Moneypenny qui me donne des nouvelles du front. Vlad Rashen est sorti du coma. Sa mère a débarqué de Moscou et assiège la clinique de ses exigences. Fabio Serpini, un collègue, s'est entiché d'Olga et met tout en œuvre pour l'ajouter à son tableau de chasse. Je ne supporte pas ce Serpini. Vénal, approximatif, infatué, il n'a pas sa place dans notre clinique. Si cela ne tenait qu'à moi, il aurait sauté depuis longtemps pour fautes professionnelles. La gamine dont j'ai dû rattraper le visage il y a un mois, c'était lui et ce cas est loin d'être isolé. Que ce bellâtre entre dans ma nébuleuse par le biais d'Olga me fout les nerfs en boule. Pour être honnête, la seule idée qu'Olga puisse tomber dans le panneau de ce farfadet m'est insupportable.

– Qu'est-ce que Serpini t'a fait pour que tu lui voues une telle rancœur ?

Albane a le chic pour me poser les questions qui dérangent. Elle a, en revanche, la discrétion de ne pas m'enfoncer quand j'invoque des griefs qui ne sont pas d'actualité ou que je m'emmêle les pinceaux. Soucieux de ne pas jeter de l'huile sur le feu, je préfère tenir Olga en dehors de mes ressentiments pour éviter que n'émerge ce venin de jalousie qui pollue mon sang. Il est des emprises dont on ne se défait pas.

Gabor, mon assistant, a enfreint la règle des 18 heures 30 instaurée avec Moneypenny pour me téléphoner.

– Vlad Rashen a quitté la clinique.

Tandis qu'il me raconte ce départ orchestré sur le coup de 2 heures du matin par les sbires du *slagger*, je compte les jours depuis le début de l'intervention : quinze.

Même si, d'après mon assistant, la surface cutanée est parfaitement guérie, la régénération musculaire et nerveuse qui se passe à sa profondeur n'est nulle part et on ne saura pas si elle est en bonne voie avant plusieurs semaines. En outre, il y a le risque d'un rejet qui peut toujours survenir et compromettre tous les acquis s'il est violent et s'il n'est pas détecté immédiatement. Faute de traitement, le greffon sera alors perdu en quelques jours.

J'écoute Gabor derrière un voile d'inquiétude. C'est tout notre travail qui est mis en danger. Je bougonne :

– Bien évidemment, ils n'ont laissé aucune adresse.

– Ils sont partis comme des voleurs.

Je reste interdit après ce coup de fil dont les tenants et aboutissants fleurent une menace sérieuse à l'encontre de Vlad et de son combat. Inutile de m'ouvrir à Albane sur ce danger qui pourrait remonter jusqu'à nous. La tragédie du Bataclan dont elle fut une des victimes l'a rendue hypersensible à la moindre violence.

À 18 heures 30, Marie-Cécile en larmes me donne sa version des faits, exprime son incompréhension, sa déception.

– C’est la mère qui est derrière tout cela. Cette femme est folle.

Et de conclure :

– Ce n’est pas une personne convenable.

Je reste sur cette allégation, éteins mon portable et m’en retourne auprès d’Albane.

– Tout va bien à Paris ?

– On ne peut plus mal mais ce n’est pas nouveau !

Des amis musiciens nous rejoignent pour la soirée et je suis préposé à la cuisson de deux bars. Une bonne échappatoire à mes soucis. Je postpose à demain l’appel que je compte passer à Olga. Me répondra-t-elle ou devrai-je attendre qu’elle daigne me sonner ? Avec les personnes pas convenables, on peut s’attendre à tout.

*

J’ai été réveillé dans la nuit par Albane. J’invectivais quelqu’un dans mon sommeil.

– Serpini, m’a-t-elle demandé ?

J’ai évité la savonnette en feignant l’amnésie.

Je sortais d’un rêve atroce où Olga se donnait à ce salopard de Serpini en ânonnant mon prénom. Autour d’eux, cent visages enveloppés de bandelettes dont on n’apercevait que les yeux. Marie-Cécile fit son apparition équipée de longs ciseaux coudés. Elle désentrava l’un après l’autre les greffés présents. Albane, Éloïse, nos amis musiciens, Viktor, Sybille, Brice, Gabor apparurent au grand jour mais pas Vlad Rashen. J’invectivais Moneypenny, tandis que toute l’assemblée scandait « Philippe » sur les coups de reins de Serpini.

CHAPITRE 13

Éloïse nous a rejoints avec sa copine Sarah et trois amis. Notre petite maison a pris d'un coup un tour plus animé. Albane est tout en affaire. Elle adore recevoir et dorloter ses hôtes. Je n'en dirai pas autant de moi qui chéris la tranquillité. Bien élevé, je donne le change. Quand la musique ou l'excitation franchit le seuil critique, je me déplace côté port sur une petite terrasse face aux bateaux et m'enfile un muscadet. Tout inconfort a son antidote.

À table, les discussions sont joyeuses et enlevées. Ces jeunes sont magnifiques avec une mention spéciale pour Éloïse. Fidèle à sa promesse de taire mon rôle dans l'opération du *slagger*, elle montre sa capacité à garder notre secret, s'esquive dès que Vlad Rashen surgit au détour d'une conversation. Je suis à nouveau impressionné par l'énorme ascendant du personnage. Le phénomène me dépasse et, par moment, me terrifie. En l'absence de Justin à qui je peux tout dire, j'ai choisi Éloïse comme confidente plutôt qu'Albane dont la fragilité demeure à fleur de peau. D'une nature téméraire, ma fille adoptive n'a pas sa pareille pour désamorcer mes craintes et m'inviter à l'imprudence.

– Dès que c'est possible, tu me prends avec toi et tu me le présentes.

Je promets alors même que je n'ai aucune certitude que Vlad Rashen fera encore appel à mes services. Son départ nocturne de la clinique n'augure rien dans ce sens. Ce rebondissement inattendu me soulage autant qu'il me désole. Là où je vivais détaché de mon portable, je le garde à portée d'oreille pour le cas où Olga m'appellerait.

Le coup de fil attendu viendra sous la forme d'un SMS : « Cher Philippe. Désolée d'avoir enlevé Vlad sans prévenir. Mon fils est en grand danger et nous avons pris ces dispositions à cause d'une menace sérieuse. Je t'attends à Paris, on se retrouve où tu sais, même jour de la semaine, même heure que la première fois. Laisse le portable à ta maison. Merci, Philippe, pour ton engagement. Tu restes un amour.

Ta Olga »

Je bougonne en songeant au mauvais génie qui s'attaque à mes vacances.

18 heures 30 : Moneypenny, dans tous ses états, en remet une couche.

– Le docteur Serpini s'est volatilisé. S'il ne se manifeste pas d'ici lundi, je n'ai personne pour le remplacer.

– Vous avez été chez lui ?

– Bien sûr ! Avec Brice, on s'est rendu partout où il pouvait se trouver. On a contacté sa copine actuelle, sa famille. Je ne vous dis pas la panique. La police est prévenue. Elle a lancé un avis de recherche. Il y a du louche derrière tout cela, monsieur Philippe. Je suis très inquiète. J'espère qu'il ne lui est pas arrivé malheur.

Je mettrais ma main à couper qu'Olga est derrière cet imbroglio et cela me tourmente. Notre passé commun m'a exposé à des retours de flammes similaires et j'éprouve un sentiment désagréable d'être à nouveau le dindon de la farce.

– Il se pourrait que je doive regagner Paris ce dimanche. Serpini nous a lâchés.

Albane est déçue.

– Cédric Paraux ne peut pas s'occuper de ses patients ?

– Il est en Guadeloupe avec sa famille.

– Et Gabor ?

Parmi mes assistants, Gabor est parfaitement capable de prendre la situation en main. Il est habile et consciencieux, mais c'est moi qui résiste à cause d'Olga. Ma moue dissuasive tranche ce dilemme.

– Trop risqué ! Je préfère pas.

– C'est toi qui vois !

De retour sur le continent, le TGV survole à toute allure des paysages tranquilles qui invitent à la flânerie en alternance avec du besogneux humain dont on se détourne et du miséreux omniprésent qui vous fend l'âme. À l'instar du climat qui fait des siennes, la pauvreté suppure de partout. En perpétuelle défiguration, la Terre est devenue le plus impérieux visage à reconstruire.

Envahi de sombres pensées, je brasse ma culpabilité d'avoir malmené Albane pour qui les vacances sont des élixirs sacrés où beauté, tendresse et communion se régénèrent. Je pétris des idées noires avec les manœuvres d'Olga et la dérobade de Serpini qui est un irresponsable doublé d'un cavaleur impénitent. Je ne veux plus de ce type à la clinique et je ferai tout ce qui est en mon pouvoir pour qu'il dégage.

La misère qui gangrène Paris, son lot croissant de sans-abris, de mendiants entre Montparnasse et Notre-Dame me désolent. Ce que j'ai croisé il y a 20 ans en Inde, dans les grandes métropoles sud-américaines, africaines, asiatiques rattrape l'Europe de l'Ouest, la France, Paris, le quartier où j'habite, le chemin que j'emprunte pour me rendre au boulot.

Je suis maussade quand j'arrive à l'appartement. Tout ce qui m'environne a un goût d'amertume. Le soleil qui se couche sur la cathédrale depuis notre balcon ne m'inspire pas et la flèche de cristal qui *colimaçonne* vers les cimes providentielles non plus. Même la bière d'abbaye servie dans un verre ad hoc à température idéale ne rétablira pas ma bonne humeur ce soir-là.

*

J'ai renfilé ma tenue de chirurgien ce lundi pour procéder à la fermeture d'un orostome purulent qui s'est développé sur la mâchoire reconstituée d'un combattant ukrainien. Le patient a été traité par Serpini et, une fois encore, je constate des lacunes opératoires dans cette reconstruction. Même Gabor qui m'assiste a des mots très durs.

– C'est du n'importe quoi !

De mon côté, je bous mais me garde de surenchérir pour me concentrer sur le malade, rester dans le moment présent, m'accommoder de l'adversité et composer avec elle. Je reviendrai à la charge quand le fugueur réapparaîtra. Chaque fois que mon travail prend cette tournure, j'ai juste envie de tout laisser tomber. Les chairs pourries me dépriment. Elles portent l'odeur de la mort, préfigurent notre propre décomposition. Là où la pierre échappe durablement à l'éphémère, mes reconstructions tiennent dix à quinze ans avant de s'altérer inexorablement. Un maigre sursis dans une vie d'homme.

Moneypenny revient à moi avec des nouvelles alarmantes. La tête de Vlad Rashen est mise à prix pour un million de dollars par des anonymes. Elle en pleure. Je peux difficilement imaginer que cette information soit fondée et je la rassure alors que l'inquiétude me taraude.

Olga m'a convié sous la flèche ce mercredi à midi et son message parle d'engagement. Sûr qu'elle compte sur mes services pour veiller au bon rétablissement de son fils. De retour à l'appartement, je me cale devant l'ordinateur pour mieux cerner l'identité de ceux qui cherchent à briser l'ascension du tribun des Habitants de la Terre. Je découvre qu'un concert de Vlad en Syrie a conduit à l'ensevelissement d'une statue de Bachar el Assad sous des débris de béton issus des bombardements d'Alep et de Damas. Même stratégie au Brésil avec l'enfouissement à Brasilia d'une sculpture de Bolsonaro sous une montagne de noix de palme et de soja génétiquement modifiés. Je me penche sur la chanson de Vlad Rashen qui a mis le feu aux poudres : « Argent valeur, argent voleur./Pas de sanction pour l'exaction./Le richissime qui décime./Le permissible inadmissible… »

Je suffoque. Les ailes des moulins à vent sont des géants qui gesticulent sur place là où les fortunes du monde sont des tueuses en marche. Vlad Rashen s'attaque à une hydre, un monstre à mille têtes. Le coup qui l'a défiguré n'est rien à côté de ce qui l'attend. Je fais un sort à une bouteille de Bourbon qui sommeillait dans un placard. Un verre, deux verres, un troisième… J'arrête de compter. Je déambule du living à la terrasse, entre et sors. La flèche de cristal de Notre-Dame devient la lance de Don Quichotte piquée dans un nuage, de l'inoffensif risible et lumineux qui survivra au chevalier vitriolé que je restaure. Folie que ce combat perdu d'avance. Vlad Rashen ne s'éteindra pas dans son lit comme le héros de Cervantès.

Des larmes me coulent sur les joues. Olga me revient en mémoire. Notre rendez-vous est pour après-demain. J'ai signé un arrêt d'amour avec elle et je risque de signer un arrêt de mort en soignant son fils. Les murs m'entendent dire que je les aime. Je pleure de plus belle sur moi, sur leur sort. Je suis trop soûl pour gagner mon lit et m'effondre sur le canapé.

CHAPITRE 14

J'ai passé ma journée de mardi dans l'atelier de Justin à avancer sur ma gargouille. J'avais besoin de recul. Je n'ai vu personne et mon portable a été sciemment oublié à la maison.

Mercredi gris. Il est midi moins le quart et je pénètre dans la cathédrale, équipé de ma trousse. La lumière est terne. Je reproduis l'itinéraire que je fis au solstice d'été. Quand midi sonne, ne voyant pas Olga, je m'aventure dans l'aura lumineuse de la flèche, à l'exacte croisée des transepts et mon regard s'échappe vers le haut. Une remontée des profondeurs irradiée de batholites cristallins. Un homme passe à ma portée et me baragouine quelque chose. Je reconnais un des sbires de Vlad Rashen et lui emboîte le pas. La voiture où il m'embarque a les vitres teintées. Elle est conduite par son acolyte. Il se présente :

– Moi, c'est Boris. Lui, c'est Dimitri ! Sur ce, il me tend une cagoule.

Je comprends que l'endroit où nous nous rendons doit rester secret et l'enfile docilement. Me voilà dans le noir complet à me laisser mener par deux individus qui ont peut-être changé de camp et m'emmènent en enfer. Comment ne pas être inquiet ? Mon cœur s'affole et cogne dans ma poitrine. Ma respiration est courte. Je suis en nage. La course traîne avec de nombreuses circonvolutions. Je pense à Albane alanguie avec sa fille et les amis sur la plage de

Donnant. Nous nous sommes parlé longuement dans la soirée d'hier. La conversation a contourné tantôt ses craintes, tantôt ses culpabilités.

– J'aurais dû rentrer avec toi.

– Pour quoi faire ?

– Pour être à tes côtés.

Si seulement elle me voyait !

La voiture s'immobilise. Permission m'est donnée d'enlever ma cagoule. Je me trouve dans un sous-sol et gravis un escalier en béton derrière Boris tandis que Dimitri nous suit. Une porte s'ouvre sur un lieu de vie. Olga, à demi assise sur un coin de table, m'attend dans une posture étudiée. Toujours soignée et bigarrée, elle m'aborde en ménageant ses effets.

– C'est gentil d'être venu. Je te trouve bonne mine. Vlad t'attend avec impatience. Je peux t'offrir quelque chose ? Champagne, vodka ?

– Un verre d'eau me fera le plus grand bien.

Elle rit et son insolence reprend le dessus.

– Les traditions se perdent mais je ne te donne pas tort. Avec tout ce que Viktor a éclusé, on remplirait la mer d'Aral.

Une porte s'ouvre sur Meryl qui me salue gentiment. Mon sentiment se confirme. Elle est enceinte.

Nous buvons ensemble. Ai-je seulement soif ? Une question me brûle les lèvres :

– Qu'est-il arrivé à Serpini ?

Olga est un socle et il faudrait de la dynamite pour l'ébranler.

– Tu me parles de Fabio ?

– Oui ! Fabio Serpini qui travaille à Saint-Laurent dans notre clinique.

– Fabio est un homme charmant et un fameux luron qui a fait une grosse bêtise, Philippe. Il a glissé un mouchard dans mon sac à main et est arrivé jusqu'ici. Mets-toi à notre place.

Je frémis :

– Vous ne l'avez quand même pas…

De nouveau, ce rire.

– Il ne nous a pas donné le choix. Nous avons mis Fabio en pénitence dans un monastère perdu au fin fond des Carpates. Il en ressortira quand nous lèverons le camp. Pas avant !

– Mais il en a pour une demi-année à lanterner, peut-être plus !

– Mis bout à bout, les séjours en prison de Viktor Kabayev dépassent le tiers de son existence. De quoi devrait-il se plaindre ?

Je n'entre pas dans la logique d'Olga, mais le fait que Serpini se soit pris les pieds dans ses lacets me procure une inavouable jubilation intérieure. Ce coup de crosse, il ne l'a pas volé.

Vlad nous accueille dans une pièce qui lui sert de bureau et qui jouxte un local aménagé en bloc opératoire donnant lui-même sur une chambre. Les retrouvailles sont chaleureuses. Le *slagger* est immergé dans ses projets et en oublie presque l'intervention de contrôle qui est la raison de ma venue (ou de mon enlèvement). Il me montre sur une table basse un épurateur d'eau fonctionnant à l'énergie solaire. L'appareil est en mesure de régénérer dix litres sur une journée.

– Vous y mettez la flotte d'un marigot, d'un ruisseau pourri, d'une décharge et vous pouvez la boire sans risque. Ce n'est pas la panacée mais cela peut constituer un appoint appréciable quand on sait que 40.000 personnes dont 7.000 enfants meurent chaque jour de soif ou d'empoisonnement dû à l'eau.

Toujours à dénoncer l'inadmissible, Vlad m'expose un

énorme plan de construction et d'acheminement de ces appareils dans les pays de la soif par le canal des Habitants de la Terre. En stratège, il choisit les lieux charnières pour ses concerts, les centres d'approvisionnements où s'effectuera la distribution des épurateurs. Sa force m'impressionne. Elle n'est pas un fruit de la politique ou de l'économie avec ses entourloupes, ses manigances, ses compromis, elle est enfant d'un cri, d'un chant, d'une supplique intérieure qui fédère les cœurs des hommes. Je me plais à imaginer ce cri couvrant la Terre entière et clamant à tout rompre aux oreilles de la Grande Finance prédatrice le simple droit de vivre et de boire à sa soif.

Le temps m'est compté et la tâche m'appelle. Je redescends frustré d'un rêve planétaire pour redevenir ce chirurgien-artisan en charge d'une reconstruction de visage. Une anesthésiste et deux infirmières sorties de je ne sais où m'assistent. Vlad sombre dans l'inconscience. Je désentrave son visage. Je suis face à de la chair qui reprend vie et que du sang irrigue. La greffe est saine mais nous sommes encore loin d'un résultat probant. Un suivi régulier doit être mis en place pour intervenir sur la greffe en cas de rejet.

– Je repasserai de dix en dix jours. L'endroit n'est pas optimal pour une bonne revalidation et nous sommes loin du compte.

Je prodigue les soins nécessaires, procède à quelques retouches sur une zone suspecte, referme le masque de la momie. Je n'en ferai pas davantage cette fois-ci.

Après mon intervention, nous mangeons ensemble, en l'absence de Vlad qui se repose. La tablée accueille une quinzaine de personnes dont la moitié m'est inconnue. Olga trône avec les hommes, pendant que Meryl et la cinéaste s'affairent en cuisine. Olga passe son monde en revue avec force superlatifs : un guitariste incroyable, un claviériste prodige, un souffleur époustouflant, une percussionniste stupéfiante, un arrangeur génial, des informaticiens hors normes…

Je connais son exubérance et cela ne m'empêche pas de boire sa gestuelle autant que ses paroles comme si j'assistais à une pièce de théâtre.

Après le repas, Olga me fait découvrir le bâtiment où se prépare, à l'abri des regards, le come-back du *slagger*. L'informatique tient une place considérable dans ce lieu dédié à la musique et aux textes choc de Vlad Rashen.

Un moment, je me trouve tout près d'elle et l'attraction est telle que nous restons statufiés quelques secondes avant de nous rejeter l'un comme l'autre en arrière.

Avant de partir, j'établis avec Olga l'agenda de mes visites de contrôle dans les mois qui suivront et arrête pour la fin novembre une retouche délicate aux paupières qui se fera à Amiens sous anesthésie.

– Comme cela, je pourrai te revoir, me dit-elle avec langueur pour assaisonner mon trouble.

Au moment de rejoindre Boris et Dimitri qui m'attendent pour me reconduire, Olga insiste pour que son fils soit admis à Amiens sous une fausse identité. J'ai droit aussi à quelques consignes de prudence qui ajoutent encore à mon inquiétude. Pour couronner le tout, il m'est demandé de procéder à l'ablation d'une puce de repérage noyée dans le corps d'un certain Perry Dadlington appelé à rejoindre l'équipe et d'expédier l'objet prélevé par la poste quelque part en Floride !

– Il viendra te trouver. Tu verras, c'est un homme adorable !

Dissimulant ma contrariété, je me retire sur un baiser parfumé et emboîte le pas de mes sbires. Prudence oblige, ils m'imposent à nouveau le cérémonial de la cagoule. La fragrance subtile de ma tsarine se réfugie sous mon sac et me tient le cœur au chaud pendant tout le trajet.

Il est très tard quand je regagne l'appartement. Je retrouve mon portable. Albane a tenté de m'atteindre à plusieurs reprises. Je lui écris un message rassurant avant de glisser sous ma couette et de céder au bienfait du sommeil et de folâtres rêveries.

CHAPITRE 15

Mes visites de routine arrêtées sur les derniers mois de l'année pour veiller à la bonne reconstruction du visage de Vlad Rashen restent des moments d'intenses satisfactions. Elles m'ont confirmé, sur le plan chirurgical, la bonne accroche du greffon et m'ont permis d'améliorer le rétablissement harmonieux des pôles de mobilité du visage du *slagger*.

Elles m'ont surtout rapproché de mon patient et permis de recroiser ma fantasque Olga dans ses tenues aussi colorées qu'inventives. J'ai pu admirer sous un autre angle cet amour de jeunesse dont je n'avais engrangé que le charme ravageur. Force est de reconnaître qu'elle est aussi d'une efficacité redoutable et qu'elle constitue la colonne vertébrale de ce gigantesque soulèvement en puissance dont Vlad est le porte-voix.

Mes rencontres périodiques avec ce tribun singulier dont les préoccupations embrassaient le vivant dans sa multiplicité là où mon terrain d'action se résumait à quelques dizaines de cas isolés, m'ont révélé ses qualités rares de modestie et de lucidité. Ainsi, quand je comparai ma petite niche professionnelle à la démesure de son combat, il se contenta de hausser les épaules en souriant et de m'avouer que sa cause était démentielle, qu'il ne sortirait pas les hommes de leur cécité ni la Terre des blessures qu'on lui avait infligées. J'ai mis sur le compte d'un excès d'humilité cette attitude qui ne correspondait pas aux dénonciations des Inadmissibles qu'il menait sans concessions. Ne s'agissait-il pas d'un mouvement d'empathie à mon égard pour me mettre à son niveau ?

– Le tout petit et l'infiniment grand sont liés, Philippe. Vous travaillez avec de minuscules instruments qui tiennent place sur un petit plateau et, avec cela, vous arrivez au prodige de restaurer un visage. Des collègues à vous, avec un fil intelligent divisé en quatre dans le sens de la longueur retirent un caillot de sang d'une veinule et sauvent une vie. C'est juste fantastique ! De mon côté, j'ai choisi, parmi les outils, le plus solide et pesant des leviers, un levier d'indignation partagée, qui a mission d'ébranler les hautes tours des mainmises humaines sur le vivant. Je n'irai pas jusqu'à dire qu'on pratique le même métier, mais ce dont je suis convaincu, c'est que nous sommes l'un comme l'autre des réparateurs dans cette vie.

Au fur et à mesure de mes visites, les confidences de Vlad se firent plus personnelles. Malgré la cour aimante et dévouée qui l'entourait, l'homme était seul et en mal d'une oreille extérieure à ses batailles pour entendre les tourments de son âme. C'est ainsi qu'il s'ouvrit sur l'attitude assassine d'un père hargneux qui le considérait dans ses jeunes années comme un raté, un parasite, et ne se privait pas de le rabaisser en société ou devant ses amis. Évitant cet enragé qui n'avait d'autre obsession que de faire payer à la clique mafieuse russe et à ses tortionnaires ce qu'il avait enduré à cause d'eux, Vlad se confia aux bonnes grâces de la musique, faute d'avoir une mère suffisamment présente pour lui donner la charge d'affection qu'il réclamait.

– Le temps et les événements ont beau lisser ces aspérités de la vie, les blessures d'enfance ne se referment pas et les vides d'amour ne se comblent pas, Philippe. Autant vous dire, au risque de vous choquer, que je suis grand consommateur de femmes et de sexe, de caresses volées, de jouissances au petit bonheur, d'aventures sans lendemain et autres déviances érotiques. J'ai besoin de ces compensations affectives pour survivre à mes rejets, à mes peurs, à ma laideur passagère, et mes succès, bizarrement, ne font que creuser ces manques là où ils devraient les remplir. Les carences de nos vies se répercutent de génération en génération et ce n'est pas vous, qui avez aimé ma mère, qui me direz le contraire. Elle aussi a traversé un sacré bout de désert dans ses jeunes années.

Le sujet est brûlant et je résiste à l'envie de mettre de l'huile sur le feu en abordant avec la même franchise que Vlad les turbulences de mon cœur. Pour éviter cet épanchement, je me mets à couvert en évoquant le présent et le revirement de Kabayev.

– Que ce soit Olga ou ton père, tes parents ne vivent que par toi aujourd'hui et partout où il peut s'exprimer, Kabayev te porte aux nues.

– Il n'en reste pas moins le loup enragé qu'il a toujours été et ne vit que pour cette idée fixe de rendre la monnaie de leur pièce à ces gens détestables qui ont défenestré sa sœur et l'ont privé de liberté pendant plus de vingt ans. Je peux comprendre cette attitude mais je ne veux en aucun cas qu'elle figure dans nos objectifs. Notre mission n'est pas vengeresse et ne peut l'être. C'est à d'autres de mener ce combat. Comme pour Poutine, qui a vu son empire s'effondrer sous ses pieds et son immense fortune restituée au peuple, les punitions tombent et l'identité d'un justicier plutôt qu'un autre n'a pour moi aucun intérêt. Quel est votre sentiment, Philippe ?

Je me range derrière ses propos de sagesse, honoré d'être convié à la table de ce conflit filial avec le père Kabayev et, par ricochet, avec ma belle fugueuse qui ne s'est pourtant pas privée de me malmener le cœur.

*

Croisant Olga après cet échange, je fus remis sur la voie de mon extraction de puce sur la personne de Perry Dadlington qui débarquait… le lendemain et de l'envoi du mouchard en Floride. Une opération incognito à glisser dans mon emploi du temps. De quoi donner à Moneypenny de nouveaux cheveux blancs.

Plus complexe que je ne l'avais imaginée, cette intervention m'a fait suer des gouttes, le petit capteur s'étant déplacé dans les chairs de mon patient. Docile, le cher homme s'est laissé charcuter en racontant avec humour des histoires d'éclats d'obus reçus dans l'aine et récupérés dans le mollet. J'ai donc échappé au pire. Le fameux objet a été envoyé comme convenu à l'adresse mentionnée par Olga. Ma tâche était accomplie.

J'ai revu Perry Dadlington aux côtés de Vlad et d'Olga dans leur repaire. J'eus droit à une partie de plaisir avec cet invité jovial qui plaisante sur tout et à tout propos. Je n'ai pas directement compris quelle était sa spécialité et la raison de sa présence au sein de ce bastion des *décrieurs* de l'Inadmissible. Ce n'est qu'une fois seul à seul avec Vlad que j'ai eu droit à quelques explications saisissantes sur le rôle d'Alan Dadlington, le père de Perry, dans la découverte d'un procédé de fabrication révolutionnaire d'hydrogène sans recours à la pile à combustible ou à tout autre mode d'apport et de stockage de ce gaz.

Chercheur à la NASA, cet éminent ingénieur mena voici trente ans ses expériences hors de son cadre professionnel et, aidé par des capitaux privés, mit au point un générateur d'énergie qui s'autoalimentait par le combustible issu de la fragmentation de l'eau dont il assurait la production. Le prototype de ce compact zéro carbone de la taille d'un frigo ménager fut installé dans un gratte-ciel de Vancouver et ses performances se révélèrent suffisantes pour chauffer ou refroidir cet immeuble de trente étages dans sa totalité.

Le processus qui était mûr pour déboucher sur l'aéronautique ou le transport maritime fut stoppé par la mort inattendue autant que suspecte d'Alan Dadlington. Revenant des toilettes, le malheureux tomba les bras en croix sur son assiette dans un restaurant de Miami où il déjeunait avec sa famille.

– Il avait cinquante ans, menait une vie saine et son bilan de santé était excellent, précisa Vlad.

– Ce qui revient à dire…

Ma question reste en suspens tandis que je désentrave le *slagger* des compresses qui lui recouvrent une partie du visage. Une petite retouche s'impose du côté de la bouche. Le silence s'installe entre nous le temps de cette rectification. Quand j'ai terminé mes soins, j'entends :

– De source sûre, il est établi que c'est la CIA qui a tout orchestré, Philippe, la mort d'Alan, le nettoyage intégral de son passage par la NASA, la récupération de toutes ses recherches, la subtilisation du prototype de Vancouver et j'en passe. Alan n'existe plus tant sur le plan administratif que professionnel. Il a été éradiqué et il en est de même pour les personnes associées à ses projets. Sa femme et son fils sont surveillés en permanence depuis les faits et ne doivent leur vie qu'à leur discrétion. Je devrais vous taire tout cela mais le risque que je fais courir à Perry recoupe son passage par votre clinique et je préfère que vous en soyez informé. Oh ! rassurez-vous, ce risque est minime. Olga a tout prévu avec l'équipe et je doute qu'après trente ans de surveillance, l'étau soit encore serré.

Je marque ma surprise. Cette nouvelle manipulation d'Olga passe mal et je me jure que je ne manquerai pas la prochaine occasion de lui dire en face ce que je pense de ses agissements. Fine mouche, Vlad prend les devants :

– Vous êtes contrarié ?

– Je ne suis pas en accord avec votre façon de mettre les gens en danger.

Vlad quitte brusquement sa réserve sur ma réflexion. Il est cinglant.

– Vous êtes tous pareils à prôner le changement et à n'imposer aucune restriction à votre petit bien-être et à votre sacro-sainte sécurité. On est morts, Philippe. La partie est jouée avec demain l'asphyxie, la montée des eaux, un scénario d'Apocalypse dont on n'a fait qu'effleurer les prémices. C'est maintenant que les choses se passent. Tout de suite. Le fils d'un chercheur nous arrive de Floride avec une disquette comme on en fabriquait au début de ce siècle. Craignant pour sa vie, son père a glissé le contenu de sa découverte parmi les DVD que le môme regardait à l'époque. Nous tenons cette bombe que les Total, Texaco, Esso et consorts, assistés des puissants de ce monde, ont désamorcée et mise sous séquestre pour vendre leurs saloperies de barils et engranger des fortunes colossales avec l'or noir. On ne rattrapera jamais les trois décennies de perdues qui représentent des siècles de pollution mais on veut au moins freiner cet effondrement. Là où certains risquent leur vie, d'autres ergotent pour une petite imprudence. On en est où, Philippe ?

J'ai encaissé cette saillie du *slagger* sans entrer dans les méandres d'un rattrapage chaotique. J'aurais pu invoquer la fragilité d'Albane pour me justifier mais j'ai préféré me retirer sur ce constat brutal que je trouvais finalement justifié. En repassant par le séjour, j'ai revu Perry Dadlington. Il somnolait dans un fauteuil. J'ai été bien content cette fois-là de retrouver le duo Boris et Dimitri chargé de me ramener chez moi. Je n'en menais pas large.

Soucieux de ne pas rester sur cette note sombre, le *slagger* m'adressa une courte lettre qui m'arriva le lendemain.

« Cher Philippe,

On a toujours tort de s'emporter et je tiens à ce que vous sachiez que j'ai pour vous une sympathie qui va au-delà de l'estime. Vos qualités de chirurgien n'outrepassent pas vos qualités d'écoute et de cœur et c'est toujours avec joie que je vois arriver vos visites et ces moments privilégiés d'échanges qui les accompagnent. Dans cet état d'âme, je vous souhaite du bon temps avec vos proches pour qui je ressens votre affection profonde et qu'il me plairait de connaître.

V.R.

CHAPITRE 16

Les secrets finissent toujours par s'ébruiter et je peux m'estimer heureux que la presse n'ait pas eu vent de mon intervention sur le visage de Vlad Rashen avant ce matin. Des demandes d'interviews m'arrivent en cascades. Un titre du *Times* a mis le feu aux poudres : « The Russian *slagger* operated in Paris. »

J'ai appelé Moneypenny au secours pour organiser au pied levé une conférence de presse dans le hall d'entrée de la clinique. Je me prépare à la hâte pour être sur place sur le coup de 11 heures. Je me demande qui de l'équipe a craché le morceau et pourquoi ce crochet par l'Angleterre.

Dans le taxi, je répète ma leçon, cerne ce que je peux dire et ce que je dois taire. J'ai peu d'expérience de ce genre d'exercice qui est le quotidien des politiciens éprouvés et redoute la question piège qui pourrait mettre Vlad et son organisation en difficulté.

Autour de la clinique, c'est l'affluence et la police canalise le monde. Je n'imaginais pas un tel retentissement. Je sors du taxi et me hâte pour ne pas arriver en retard. Il fait chaud et je m'éponge en marchant. Moneypenny m'aperçoit et court dans ma direction.

– Mieux vaut prendre l'entrée de service.

Je n'y avais pas songé.

Je réponds aux journalistes en donnant à mon implication une tournure strictement médicale. Je joue la carte du détachement quand l'aura de mon patient est évoquée mais n'hésite pas à citer mon ami Justin et sa belle formule qui le mentionne comme « un phare dans la nuit des hommes ! ». À la question « Avez-vous une idée de l'endroit où Vlad Rashen s'est retranché ? », je nie effrontément. À la question « Existe-t-il un rapport entre la disparition de votre confrère Fabio Serpini et le départ nocturne de Vlad Rashen ? », je mens sans vergogne : « Je n'en sais foutrement rien. La police est plus à même de vous renseigner. »

J'imagine de savants capteurs fabriqués pour la détection de mensonges et, derrière ces machines, des personnes prêtes à tout pour localiser le *slagger*. Je m'inquiète soudain pour ma fragile et tendre Albane que je mets indirectement en danger. Plus que ma propre personne, c'est elle qui me préoccupe. Je n'ai aucune idée de la détermination de ces gens que les propos de Vlad ont malmenés et qui seraient trop contents de l'anéantir. Dans cet état d'esprit, je vais me montrer prudent face aux médias là où j'aurais pu relayer son cri et j'en éprouve une forme de détestation de moi-même.

Après cette confrontation avec la presse, je me retire dans mon cabinet avec un goût saumâtre dans la bouche. Dix petites minutes de répit et Moneypenny me rejoint pour baliser la douzaine de rendez-vous accordés à la presse. D'une positivité indéboulonnable, elle me témoigne son admiration avec du pétillant dans le regard et un sourire épanoui.

– Vous êtes parfait ! Comme toujours.

Ce n'est pas mon sentiment mais je sais déjà que je saisirai les prochaines occasions pour sortir de ma réserve et m'exprimer sur le bien-fondé des actions menées par les adhérents aux Inadmissibles dont mon patient est le fer de lance.

Au micro de Séverine Boyer, je parle de raz-de-marée

salutaire à l'échelle de la planète et d'un réveil humaniste inespéré dans un monde gangrené par le profit.

Invité au journal de 20 heures, je me lâche en empruntant l'image d'un visage qui se reconstruit pour prendre les traits de la providence et amplifier jusqu'à ce qu'on entende partout sur la Terre nos voix intérieures qui crient au scandale et exigent réparation des prédateurs. Je m'avance. Je suis fou. Conquis à l'imprudence, je m'expose, je m'imbibe. Le sang de Vlad Rashen s'infiltre en moi.

*

Après chacun de mes passages médiatiques, je cherche le réconfort d'Albane et Éloïse. Il n'est pas dans ma nature de me placer au-devant de la scène et encore moins de clamer mes opinions et j'ai besoin d'être soutenu. Sans concession, Éloïse met le doigt sur mes lacunes.

– Tu peux mieux faire.

Je fais la grimace et l'invite à me prodiguer ses lumières.

Revenant alors sur une approximation concernant la constitution de l'Agora des Habitants de la Terre et sa raison d'être, elle en redessine rigoureusement le contour. Une mise au point bien nécessaire.

Ainsi, ce mouvement induit par un politologue et économiste italien en lutte contre l'appropriation des biens communs par la Finance, réunit des personnalités charismatiques du monde entier à Sezano près de Vérone en décembre 2018. Viktor Kabayev fut de la partie. Il représentait Mikhaïl Gorbatchev qui, proche de cœur et d'idées avec l'initiateur du projet, avait dû décliner l'invitation pour des raisons de santé.

Une charte fut élaborée au terme de ce rassemblement citoyen. Une carte d'identité des Habitants de la Terre, axée sur les outrages causés par l'homme à la Planète, naquit dans la foulée.

Les Inadmissibles apparurent plus tard, stigmatisant l'éventail des dysfonctionnements à dénoncer. Les pollutions de tout ordre, la prédation tolérée sur le végétal, l'animal et l'humain, le marché juteux des énergies destructives, l'appropriation privative des biens communs, le surenrichissement scandaleux de puissances d'argent se déclinèrent en douze sentences, douze cris d'indignation, douze verrous à briser, douze travaux d'Hercule.

Cette mise au point trouva sa place dans une interview animée par Élisa Quinet et lors d'un important débat télévisé où j'étais invité. À l'issue de ma prestation, j'eus droit à une réflexion amusée d'Albane sur ma mue de réparateur de visages en activiste. Je lui ai demandé qui avait sa préférence. Elle m'a répondu subtilement :

– Je prends les deux.

Le 28 octobre, Albane a invité quelques amis, dont Justin et Viviane, sa compagne, pour fêter mon anniversaire. Une surprise.

– Tu ne t'occupes de rien.

Le jour dit, je me soumets de bonne grâce au bonheur d'être choyé. Nos invités nous rejoignent. Le temps est inexplicablement radieux et nous prenons l'apéritif sur le balcon face à Notre-Dame et à sa flèche qui semble s'échapper comme un essaim d'abeilles gorgé de lumière. Le champagne aidant, la torsade ascensionnelle m'emporte dans son tourbillon de cristal. Pour cet élan de transparence vers la transparence, j'ai pour tuteur et piolet mon amour pour Albane, mon affection pour sa fille, mes amitiés artisanes sous chapiteau de pierre, mon empathie pour le vivant dont le *slagger* est le chantre.

Nos rires escaladent les toits et se propagent. Le repas est un moment béni de partage. L'actualité de Vlad Rashen se glisse immanquablement dans la conversation avec la toute récente mise en place d'un réseau social sur internet rassemblant, sous le vocable *Grabit*, tout ce qui touche à ses mobilisations contre les Inadmissibles.

Pour Éloïse, cette nouvelle est un éclair.

– Le démarrage de *Grabit* dépasse toutes les espérances. Dix-sept millions de visites en une semaine. C'est trop génial !

J'observe ma fille adoptive avec tendresse. Ses chiffres me parlent moins que ses yeux qui pétillent, sa gestuelle souple, sa jeunesse resplendissante, sa réactivité.

Réfractaire au monde virtuel et toujours en retard d'une guerre sur le plan informatif, je laisse à la tablée le soin de poser les bonnes questions.

– *Grabit* est le mot russe pour « mise à sac », « spoliation ». C'est tout dire.

Viviane est l'interlocutrice idéale. Professeure à la retraite, elle veut tout comprendre, recueille des explications sur ce phénomène médiatique dont la croissance semble sans limites, s'inquiète des déviations qui altèrent les causes les plus nobles.

Les acteurs, footballeurs, chanteurs qui ont polarisé les masses autour de leur plastique, de leurs performances, de leur voix, de leur message ressuscitent entre deux coups de rouge. Des légendes planétaires comme Pelé, Maradona, Elvis, Queen, Kurt Cobain, Michael Jackson, David Bowie sont exhumées. En dehors de quelques exceptions comme Lennon, Joan Baez, Youssou N'Dour, Bob Marley, considéré en Jamaïque comme un véritable prophète, les grandes icônes sont restées prisonnières de leur image et de leur réussite individuelle. Éloïse nuance.

– Nous assistons avec Vlad sur un plan multinational à ce que Sting a déclenché autour de l'Inadmissible amazonien dans les années 90, à savoir un chant de rébellion humanitaire. La musique a cette vertu unique de relier les âmes dans un pays sans frontières et sans convoitises. « Là où est la musique, il n'y a pas de place pour le mal ! » écrivait Cervantès.

L'alcool désinhibe et les réflexions fusent. Un politique investi d'un mandat vise sa continuation et prend toutes les précautions pour rester éligible. Vlad Rashen est sans visage mais vivant, inventif, pugnace, porté par la légitime colère des abusés que nous sommes. Il y a derrière lui bien plus qu'un peuple, il y a l'immensité d'une respiration d'arbres, d'animaux et d'hommes en proie à l'indignation : une force phénoménale qui demande justice et redistribution des ressources terrestres. Souffle annonciateur d'une tempête, il va son chemin de fifre sur le grand champ de désolation qu'est devenue notre Terre.

Justin, l'artisan de l'équilibre des pierres, nous écoute avec cette fixité radieuse des sages apaisés. Son regard nous sculpte et quand une parole l'inspire, il enrichit le propos du chamarré de ses images.

– Chez lui, un chant est une montagne qui danse.

Malgré moi, je pense à Nietzsche : « La chute est l'état d'un corps qui ne danse plus. » La mort de l'arbre, du jardinier, du porte-drapeau me traverse. Je ne suis pas le seul. Albane et Viviane expriment leur crainte de voir tomber le fifre dans la bataille. La vie pour certains est une fulgurance et les grands dérangeurs comme Gandhi, Martin Luther King ont payé de leur sang leur empathie pour leurs semblables. Et si l'homme sans visage pouvait être un, deux, trois, dix… Et si, à l'instar du masque de fer ou des héros romanesques camouflés sous un loup, Vlad pouvait se fondre avec d'autres Vlad ? Je délire mais le désespoir est délirant. Nous sommes douze à table et nos cœurs ne font qu'un autour de ce Don Quichotte d'aujourd'hui que je suis seul à avoir approché et que, l'alcool aidant, nous voyons, inconsolables, comme un mort en sursis.

– Le chagrin des statues est subterfuge de pluie et de

rosée.

Justin nous sourit. En éveilleur d'âmes, il ne se démontera pas davantage.

Quand les amis se retirent et que l'heure est au repos, mon téléphone tressaille : un message d'Olga : « Viktor nous a rejoints avec Anouchka et veut te rencontrer. Même lieu de rendez-vous, même jour, même heure. Bon anniversaire, Philippe. »

Tous ces ordres assortis de précautions commencent à me taper sur le système. Poussé sur la voie de la rébellion par l'ébriété, je pianote : « D'accord, mais à condition d'avoir ma fille adoptive avec moi. »

La réponse s'inscrira à mon réveil avec ce simple mot : « Accordé ! »

CHAPITRE 17

Quand j'ai annoncé la nouvelle à Éloïse, elle m'a sauté au cou.

– Tu ne diras rien à ta mère, ai-je insisté.

– Promis, juré.

Je devrais être rassuré et voilà que c'est moi qui cède à la panique. Les mesures de prudence mises en place autour de Vlad Rashen parlent d'elles-mêmes. Je serais effondré s'il arrivait quoi que ce soit à ma protégée.

En route vers Notre-Dame, je transpire alors que, désinvolte, Éloïse marche à mes côtés en riant de tout. Du monde flue, débouche, s'engouffre dans le métro. Une paire d'yeux est peut-être là à nous suivre, à nous espionner. J'évite ce regard périphérique qui rendrait notre déplacement suspect.

Une fois arrivé au portail, je profite d'un engorgement pour jeter un coup d'œil alentour. Rien d'alarmant ! Nous entrons dans la cathédrale. C'est la cohue. Une femme me bouscule. Un papier se retrouve dans ma main. Je lis : filature. Éloïse est derrière moi et capte le message. Elle prend les devants. Je me glisse dans ses pas, dévale des marches, franchis des portes qu'elle ouvre et referme avec un passe. Nous débouchons à l'extérieur où j'aperçois Boris et Dimitri qui nous attendent dans leur voiture aux vitres fumées. Des cagoules nous sont tendues. Je tiens des propos rassurants autant pour elle que pour moi. Une fois dans le noir, la main d'Éloïse se pose frileusement sur la mienne. À première vue, tout va bien.

Au bout d'une grosse heure de route, je retrouve le parking souterrain avec ses escaliers de béton et, tout en haut, ma tsarine neutre et sensuelle. Des mercis sont égrainés. Ils appartiennent au rituel.

Une porte s'ouvre sur Viktor Kabayev. Prisonnier de son fauteuil roulant, le vieux dissident est aussi ravagé qu'Olga est éclatante. D'écorce et de ronces, cet arbre maintes fois foudroyé a gardé sa superbe. Sa voix gutturale gronde des mots de bienvenue dans un français parfait. Honneur est fait à Éloïse dont il baise la main à l'ancienne en complimentant sa beauté. En réponse, quelques mots en russe qui font mouche et qui me renvoient aux bribes subsistantes de ma relation avec Olga.

– J'ai bien aimé vos interventions et je tenais à vous le dire, cher Monsieur, martèle Kabayev de sa voix rauque. Nous sommes à l'aube d'un soulèvement qui peut changer le visage de la planète, rendre au vivant ce dont il a été dépouillé, inverser les forces. Avec le réveil des Habitants de la Terre, les cœurs ne sont plus éparpillés et isolés dans des indignations stériles, ils battent du même pouls, entonnent ensemble un même chant. Rien n'est plus puissant qu'un chant, monsieur Jacquemart. Le chant ouvre les âmes là où le politique englue, là où l'argent empoisonne. Je me serai battu toute ma vie sans succès contre les démons du pouvoir et de la corruption, pendant qu'un fils grandissait dans ma maison en biberonnant de la poésie et de la musique. J'ai accepté la privation, la prison, la torture pour changer l'inchangeable, alors que j'avais la providence sous mon propre toit. Que de peines perdues ! Un avocat est un brasseur de règles et d'interdictions là où le poète est un *épingleur* de mots, d'émotions. Je suis passé à côté de la poésie, de la musique. J'ai négligé un rejeton talentueux qui conquiert les foules et bien au-delà avec au cœur la même révolte, la même soif de justice et d'égalité. Je compte en dizaines et en centaines ma troupe de fidèles quand, par la magie des ondes et des réseaux sociaux, la moitié de la planète vibrera demain au chant de Vlad Rashen.

Une femme entre avec des boissons.

– La providence ne s'est pas invitée par hasard, répondis-je. Elle a choisi son berceau et sa chambre chez vous, dans votre nœud de colère, d'exaspération, de révolte. Elle a entendu votre cri et lui a donné une autre résonance, une autre chair.

Olga me caresse du regard et je la sens proche. Se superpose l'image de la belle poseuse m'adressant un zeste de baiser vingt-sept ans plus tôt dans une classe de dessin de Woluwé.

Kabayev vide sa vodka et reprend sur un rire :

– Ce que nous préparons ici va déplaire à certains et on aura besoin d'une bonne étoile pour esquiver sans dommage des opérations de représailles.

Impavide, le dissident tourne en farce cette nouvelle menace. Le danger l'a toujours accompagné comme une maîtresse folle. À croire qu'il trouve plaisir en sa compagnie. Avisant Éloïse, il conclut :

– Je devrais être mort depuis longtemps, mademoiselle, mais la rage conserve, semble-t-il.

Olga profite de cette conclusion pour nous entraîner du côté du studio où Vlad travaille avec ses preneurs de son. Le vieux loup des steppes est remercié. Encagé dans son fauteuil, il rumine ses prochaines batailles.

Autre étage, autre monde. La musique filtre par la porte entrouverte où Vlad a ses quartiers. La voix du *slagger* martèle : « Y'a pas de recours, y'a pas d'sortie de secours, la terre est notre Eden, notre seul ADN. »

Nous apercevant à l'entrée du studio, Vlad pose son casque et nous accueille avec effusion. Je lui présente Éloïse. Il fait de même avec ses collaborateurs. Une petite fille blonde surgit et il la prend dans ses bras.

– Elle, c'est Anouchka, la prunelle de mes yeux. Un petit dérapage dont je me félicite tous les jours.

Les tendres bourrades du papa ponctuent notre échange. La gamine est irrésistible. Son rire est un éparpillement de clochettes.

Olga récupère l'enfant et nous laisse avec son fils qui nous invite à prendre place dans un coin salon où on s'installe. Alerte, attentionné, désinvolte, Vlad prend de mes nouvelles avant même que je puisse l'interroger sur son état. Ses questions fourmillent, abordent mon quotidien avec ses contraintes multiples et ses trop rares espaces de liberté. Elles recoupent le vaste champ de talent où excelle ma fille adoptive. Notre-Dame et ses pierres l'interpellent. À l'instar de la poésie et de la musique qui sont les moteurs de son combat, les paris d'élévation portés par les hommes du passé donnent audience aux rêves les plus fous, aux défis les plus inaccessibles. Sous ses pansements, l'homme est expressif, attachant, solaire. La compagnie de sa fille conjuguée à la présence d'Éloïse accentue son côté charmeur. Avec Olga pour mère, comment pourrait-il en être autrement ?

La conversation glisse vers le russe avec Éloïse. Je me laisse bercer par cette langue qui fut le sésame de mon premier amour. Quelques mots émergent et m'indiquent qu'ils évoquent la Flèche de la Providence et son pouvoir lumineux. Vlad m'associe à cet échange en revenant au français.

– Nous parlons d'un clip destiné à illustrer la chanson de renaissance sur laquelle je travaille et qui sortira trois semaines avant mon retour sur scène. L'idée est la transfiguration. Son cadre, Notre-Dame et sa flèche de cristal.

Et d'ajouter :

– Dans ce monde qui grimace, tout est devenu affaire de transfiguration à commencer par ma pauvre gueule.

Je rebondis sur sa réflexion pour l'inviter à se soumettre à notre examen de routine. Nous nous isolons. Éloïse, de son côté, est invitée à découvrir en primeur avec le preneur de son quelques enregistrements que le *slagger* prépare pour son grand retour.

Affublé de mon harnachement, je redeviens technicien de la chirurgie du visage, enlève ses pansements, examine mon patient comme s'il était un homme-machine. Je l'observe tandis qu'il décompose, à ma demande, muscle par muscle, les mouvements de sa cinétique faciale. Je n'entends plus les défauts d'élocution subséquents à la motricité encore imparfaite de ses lèvres. Le fait qu'elles bougent, se rapprochent, s'élèvent et s'abaissent est gage que ma greffe au niveau de la bouche est une réussite. Concernant les paupières, le poids du greffon exerce une traction et nécessite quelques retouches du côté de l'œil droit. Pour rattraper cette distorsion de regard, j'ai prévu de suspendre à nouveau le greffon sur les pommettes à la clinique d'Amiens où j'ai accès à tout ce qu'il y a de plus pointu comme outil en matière de chirurgie de la face. Pour la première fois depuis que je lui dispense mes soins, Vlad demande à voir à quoi il ressemble. J'hésite puis cède à son insistance. À ma surprise, l'épreuve du miroir ne le désarçonne pas.

– Je est un autre, dit-il simplement en citant Rimbaud.

Vlad me sourit pendant que je note sur une feuille les petits dysfonctionnements qui subsistent et qui, pour la majorité d'entre eux, disparaîtront avec le temps. Mon intervention se conclut par la pose d'un pansement moins volumineux. Une réflexion ponctue ce moment.

– Il faut transformer la faiblesse en force, Philippe. Ne plus montrer son visage au public a une autre amplitude que d'afficher sa restauration, aussi brillante soit-elle. Sans vouloir vous offenser, je n'exclus pas la possibilité de reprendre mes concerts en restant masqué.

J'encaisse le coup et il est assez fin pour s'en apercevoir.

– Je n'émets pas de critique envers vous en partageant cela. Vous êtes une sommité dans votre domaine et je ne doute pas que je retrouverai une expression fluide et harmonieuse par vos mains. Si je revis aujourd'hui, c'est grâce à vous. Si je n'ai plus l'angoisse d'être marqué du sceau de l'épouvante pour Meryl, pour Anouchka, pour notre petit garçon qui s'annonce, c'est grâce à vous et je ne vous remercierai jamais assez. En fait, mon questionnement va plus loin. Sous quels traits me présenter aux Habitants de la Terre qui ont fait de moi leur icône ? Je n'ai pas de réponse, cher Philippe. Être une voix, une présence plutôt qu'un visage me paraît plus juste à cette heure, même si cette perception peut encore changer.

Sous le choc de cette confidence, je n'ai plus dit grand-chose après mes soins. Cette vision du chanteur masqué me perturbait tout comme me dérangeaient les propos de Kabayev pour qui la mort était devenue une amusette et qui me parlait de soulèvement planétaire comme s'il régnait sur notre galaxie. Du délirant.

Quand j'ai repris avec Vlad la direction du studio où Éloïse et Olga nous attendaient avec la petite, j'ai reconnu sur la table basse ce fameux épurateur d'eau par capteur solaire dont il m'avait vanté les vertus.

Avant même que je ne pose la question, j'ai entendu :

– La production est lancée. Nous avons trouvé un financement qui couvrira l'achat de dix millions d'unités, et ce n'est qu'un début.

CHAPITRE 18

Nous avons quitté les Kabayev et leurs collaborateurs après un repas frugal et copieusement arrosé. Nous nous sommes soumis au cérémonial des cagoules. Une fois dans la voiture, Éloïse a posé à nouveau sa main sur la mienne. Je l'ai sentie heureuse. Quelques réflexions de sa part ont émaillé notre retour.

– Les dernières compositions de Vlad sont époustouflantes. Ouah ! Sa voix est formidable et ses textes prennent aux tripes.

Elle a poursuivi :

– Il y a moyen de filmer un super beau truc avec la flèche. Il compte me contacter pour une visite de Notre-Dame avec les cinéastes. C'est trop génial.

Sous ma coiffe opaque, je marine dans mes pensées. Deux gros mois nous séparent de la résurrection sur scène du *slagger* et d'une kyrielle d'actions pointant du doigt les Inadmissibles. C'est long et c'est court. Je voudrais croire que ce « soulèvement » dont parle Viktor ne sera pas réprimé avant qu'il n'affleure, que le bateau ne sera pas coulé avant d'atteindre l'embarcadère. Il y a des empires et des emprises qui ne s'embarrassent pas d'un meurtre pour mater toute critique. L'histoire regorge d'exemples.

Éloïse poursuit son compte-rendu de notre visite.

– J'ai longuement échangé avec Olga. Quelle femme !

Hypocritement, je joue la carte de l'étonnement :

– Ah bon ?

– Elle est derrière tout, coordonne tout. Tu sais combien de personnes travaillent dans l'ombre ?

– Je ne sais pas. Trente, quarante ?

– Deux mille.

– C'est pas possible.

– Détrompe-toi ! Vlad a des niches dans 180 grandes villes de la planète. Avec le lancement de *Grabit*, il faut s'attendre à un bond phénoménal en matière d'emplois.

– Je ne peux pas imaginer ! Il faut une fortune pour assurer cela.

– Justement, deux poids lourds de la finance ont tourné le dos à la cour des riches pour se joindre à notre mouvement.

– … notre ?

– Oui ! Notre… Je te compte parmi nous.

Moi qui ai toujours fui les étiquettes, les coteries, me voilà enrôlé.

J'entends derrière les affirmations d'Éloïse, une nouvelle extravagance d'Olga et je souris sous mon sac. Cette sécession dans la sphère des milliardaires, on en rêve tous mais je n'y crois absolument pas.

– Tu connais la courbe d'adoption de Rogers, Philippe ? Il ne faut pas plus de 13,5 % de convaincus pour qu'une idée innovatrice fasse son chemin. En d'autres termes, un élan de solidarité impliquant 13,5 % des fortunés de la Planète pourrait suffire pour enclencher l'adhésion de l'ensemble aux idéaux des Habitants de la Terre.

– Tu tiens cela d'Olga ?

– Non ! De Vlad.

Vibrante, Éloïse ne peut dissimuler qu'elle en pince pour le *slagger*. Par association, je me remémore cette époque folle où Olga m'avait ensorcelé. Tant la mère que le fils sont virtuoses en matière de séduction mais dois-je m'en plaindre ? N'ai-je pas pris plaisir à croquer la pomme ?

La voiture se gare. Boris récupère nos cagoules et nous tend deux tickets de métro. Nos deux acolytes nous souhaitent le bonsoir. Je reconnais Port-Royal. Nous sommes presque à la maison.

*

J'aurai été en empathie avec les Kabayev toute la durée du trajet, mais, à aucun moment, l'idée ne m'a traversé qu'Albane eût pu être inquiétée. C'est en entrant dans l'appartement que la panique nous a saisis. Des courses avaient été déposées sur la table de la cuisine à côté de son sac et de son portable, mais elle n'était pas là. Nous avons fait le tour des voisins sans succès. Puis, j'ai laissé à Éloïse le soin d'appeler famille et proches, tandis qu'effondré dans un fauteuil, je passais en revue le répertoire de nos connaissances.

Au bout d'une heure d'investigations infructueuses, nous nous sommes rendus au commissariat pour signaler la disparition d'Albane. Il y avait du monde et nous fûmes traînés en longueur par une gorgone gradée avant d'être finalement entendus.

Complètement défaits, nous regagnions l'appartement aux petites heures quand la sonnerie de mon portable a retenti.

– Je vous appelle du Bataclan, j'ai près de moi une femme en état de choc qui cherche à vous joindre.

Nous avons retrouvé Albane prostrée, le visage fermé. Rebelle aux hôpitaux, elle a exigé d'être ramenée à la maison. Nous ne l'avons pas questionnée tout de suite sur son enlèvement, estimant qu'il était impérieux de l'entourer de notre amour.

De retour chez nous, Albane a réclamé des calmants qui

l'ont plongée dans un sommeil agité, là où ma nuit fut blanche.

Les menaces qui planaient sur la vie de Vlad Rashen ne tenaient plus de l'abstraction. De vicieuses intimidations recoupaient nos propres existences, les mettaient en péril.

Au réveil d'Albane, je lui exprimai ma désolation pour ce qui s'était passé la veille et ne recueillis que son silence.

– Je n'irai pas à la clinique aujourd'hui. Je resterai avec toi. Je te dois bien cela, lui dis-je.

Un sourire timide acquiesça.

Éloïse nous a rejoints alors que nous prenions le petit-déjeuner et a formulé à sa mère la même proposition.

– C'est gentil, ma chérie, mais Philippe compte rester avec moi.

Le téléphone n'a pas arrêté de sonner. La famille, les amis, les connaissances venaient aux nouvelles et voulaient lui parler. C'est ainsi que j'appris qu'Albane avait été poussée dans une voiture par trois hommes alors qu'elle était descendue pour acheter des fleurs. Une première étape l'avait conduite dans un entrepôt désaffecté où ses ravisseurs, qui s'exprimaient en anglais, l'ont bombardée de questions. La seconde l'avait ramenée au Bataclan « pour lui rafraîchir la mémoire ». Elle savait finalement peu de choses et je ne me suis jamais autant félicité de l'avoir tenue à l'écart des turbulences initiées par Olga.

En fin de matinée, j'ai reçu sur mon téléphone les photos des trois hommes par le biais d'Éloïse : un envoi émanant du clan Kabayev avec ces mots : à confirmer. Albane me rejoignait dans mon bureau au moment où les clichés sortaient de mon imprimante. À son émotion, j'ai compris qu'il s'agissait bien de ses ravisseurs. Ce choc a libéré ses larmes et je l'ai longuement consolée.

– Nous allons déposer plainte et ces truands ne nous importuneront plus.

J'ai alors entendu de sa bouche tout le crédit qu'elle portait à l'action des Habitants de la Terre et au combat de Vlad Rashen.

– Je suis à vos côtés, Philippe, avec un courage qui n'est pas bien grand mais qui ne demande qu'à croître.

Je l'ai étreinte, lui ai redit mon amour et combien elle comptait pour moi.

Émergeant de la panique et de l'impuissance qui m'avaient paralysé la veille, j'ai retrouvé mes esprits et le nom d'un de nos amis proches s'est rappelé à moi comme une évidence : Frans Patigny. S'il y avait quelqu'un à contacter dans notre situation, c'était bien lui.

Grand policier, éminent criminaliste, ce personnage pittoresque m'a sollicité comme expert dans une sordide histoire de meurtre et de mutilation faciale en 2017. Pianotant à ses heures perdues dans une boîte de jazz et débordant d'un humour décapant, Frans gagna très vite notre affection. Nous avions souvent fréquenté le couple qu'il formait avec sa femme Hélène, avant de les perdre de vue par suite de sa mutation dans le nord.

Une recherche sommaire sur la toile me remit sur sa piste. Un coup de fil suffit à rétablir notre complicité d'antan. Je lui exposai l'objet de mon appel sans rentrer dans les détails.

– Tu m'envoies tes clichés et je reviens vers toi. Si tu as le moindre indice en rapport avec ton patient, n'hésite pas à m'en faire part.

C'est alors que la clé rose d'Olga m'est revenue en mémoire. J'en détenais le double dans un tiroir de mon bureau :

– Je pense à quelque chose. Je te rappelle si cela présente un quelconque intérêt.

J'ai profité du retour prématuré d'Éloïse pour me rendre à la clinique.

Mû par la curiosité, j'ai ouvert immédiatement le document. Ce que j'ai visionné était tout simplement horrible : une surenchère de scènes atroces avec des meurtres à la clé. J'ai pris mon portable. Je tremblais. J'ai formé le numéro de Frans. Le répondeur s'est mis en marche et je suis parti dans une explication confuse :

– J'ai, sur une clé USB provenant des Kabayev, de courtes séquences filmées. On peut y voir des personnages publics exécutant de sang-froid des innocents en leur tirant une balle dans la tête. C'est peut-être du cinéma, un bout d'essai pour des acteurs… J'aimerais autant que tu me donnes ton avis.

Alerté par mon message, Frans me répondit dans l'heure :

– Je quitte Bruxelles. Rendez-vous chez toi. J'arrive.

J'ai trépigné tout l'après-midi dans l'appartement, allant de mon bureau au salon, du salon au balcon, incapable de me concentrer sur quoi que ce fût. Je passais et repassais devant Albane et, rien qu'à la voir, je constatais l'amplitude croissante de son chavirement.

Notre ami inspecteur débarqua sur le coup de 7 heures en homme tranquille avec une sacoche de cuir à l'épaule. Là où d'habitude il nous aurait gratifiés d'une entrée en fanfare, Frans mit le doigt sur sa bouche pour nous inciter à nous taire. D'un geste assorti d'une mimique, il m'invita à l'accompagner dehors. Une fois sur les quais, il sortit de sa besace un détecteur avec lequel il me parcourut de la tête au pied. Après ce cérémonial, il me lança :

– Eh bien toi ! T'as débusqué du gros, du très gros. Tes trois cocos sont à la solde du plus grand fonds d'investissement de la Planète. Faudra que tu m'expliques.

Un banc orienté vers la cathédrale nous accueillit. Frans passa les mains dans sa tignasse grise, plongea dans sa poche d'où il tira un petit carnet équipé d'un crayon et mon récit put commencer : Vlad Rashen vitriolé, les soins dispensés dans le plus grand secret, les menaces pesant sur le *slagger*, la clé rose et son double, la cache où le *slagger* se terrait en préparant son retour sur scène et ses actions futures via *Grabit* contre l'Inadmissible. Quand je lui ai parlé de mes toutes récentes sorties médiatiques, il m'a lancé :

– Ne cherche pas plus loin, Philippe. On y est.

Frans rangea son calepin et fixa son attention sur Notre-Dame et sa flèche de cristal dont les lumières mutaient subtilement avec l'arrivée de la nuit. Ses yeux se détournèrent dans ma direction.

– Si tu veux que je t'aide, il faut m'en dire un peu plus.

J'ai aussitôt vidé mon sac en éventant le secret du générateur à hydrogène de Dadlington. Quand j'ai eu fini, Frans m'a lancé en avisant un bar :

– Tu as bien le droit de te mettre à l'eau. Quant à moi, je ne vais pas me priver d'un coup de rouge. Je t'invite.

J'ai compris sa boutade quand il se mit à rire. Déployant sa lourde carcasse, Frans se leva et, soudain sentencieux, conclut :

– Je ne sais pas ce que tu as raconté sur les ondes, mais, à l'avenir, mesure tes propos. Dans la sphère des chefs d'État et de leurs grands copains financiers, on est particulièrement susceptible.

CHAPITRE 19

Frans n'a rien détecté de suspect dans l'appartement et a abondamment rassuré Albane en parlant d'une manœuvre d'intimidation qui, à son sens, ne se reproduirait plus. Elle a hoché la tête en bonne écolière, mais j'ai bien perçu, la connaissant, que ses vieilles angoisses l'avaient rattrapée.

Éloïse, revenue entre-temps de son cours de yoga, a proposé de préparer le dîner.

Sur un mode plus détendu, la conversation avec Frans tourna d'abord autour d'Hélène, sa femme. Enseignante dans la filière Art à Paris, elle connut un passage à vide après la mutation de son mari dans le nord. Aujourd'hui, elle s'est mise à son compte comme chocolatière à Bruxelles. Frans évoqua les voies musicales empruntées par ses deux fils avant de revenir sur l'actualité de Vlad Rashen éclaboussé par la plainte d'une mineure l'accusant de viol.

Éloïse était outrée, là où Frans, en vieux routier des enquêtes, se garda de trancher. La fumée n'est jamais loin du feu.

– C'est du travail de sape, un coup monté de toutes pièces par ses détracteurs, clama-t-elle les yeux froncés.

Malgré l'ombre sulfureuse d'Olga et de son insatiabilité, j'accordais au *slagger* le bénéfice du doute.

Albane renchérit :

– Il est tellement facile de salir la réputation de quelqu'un. Je suis de l'avis d'Éloïse. C'est une machination. Et toi, tu en penses quoi, Philippe ?

J'allais répondre quand le téléphone de Frans a sonné.

– Vos trois lascars ont embarqué à Roissy pour New York. Vous pouvez dormir tranquilles.

Malgré notre invitation à l'héberger pour la nuit, Frans préféra regagner Bruxelles le jour-même. Je le reconduisis à sa voiture. Avant qu'il ne parte, je lui tendis le double de la clé rose. Sa réaction fut immédiate.

– Détruis-la !

– Comment ?

– Ta clé recèle des serments d'allégeance entre mafieux. Une trahison en interne et l'organisation sort un cadavre du placard pour traîner le fautif en justice. C'était valable sous Poutine. Cela ne l'est plus aujourd'hui. Ces salopards sont hors-jeu. Tirant de son vide-poches deux exemplaires de sa dernière moisson musicale, Frans me les donna.

– Cadeau ! Tu en gardes un pour toi et tu files l'autre en douce à Vlad Rashen. Il appréciera.

Et de conclure avec légèreté :

– À l'avenir, n'attends plus qu'on enlève Albane pour me donner de vos nouvelles.

De retour dans l'appartement, je rejoignis Éloïse dans la cuisine où elle faisait du rangement.

– Frans m'a remis ce présent pour Vlad…

Elle prit l'objet :

– Je m'en charge. Nous nous voyons dans la semaine.

J'aurais dû me réjouir de ce service mais je me suis senti dépossédé… de la même manière que je restais sur la frustration d'avoir été pitoyable en n'affirmant pas une indéfectible confiance au *slagger* face aux accusations dont il était la cible.

J'ai rejoint Albane dans notre chambre. Sous l'action d'un somnifère, elle dormait jusqu'à l'oubli. Je l'aurais bien suivie dans cet abandon, mais mes manquements et la somme des tâches qui m'attendaient dans les prochains jours m'ont tenu éveillé et mécontent de moi-même. Insatisfait, j'enviais Éloïse qui me damait le pion auprès de mon patient, j'enviais Justin libérant ses personnages dans la pierre, j'enviais Olga tellement désirable, j'enviais Vlad Rashen qui transfigurait ce monde. Un je-ne-sais-quoi me déprimait alors que j'étais comblé en tout.

*

Mes états d'âme repassèrent au beau fixe avec un courrier de Varguise m'annonçant sa venue à la mi-novembre. Trois années s'étaient écoulées depuis sa dernière visite, trois longues années sans la nourriture bienfaisante de son amitié. « Un homme entre mille t'aimera mieux qu'un frère », peut-on lire dans les Écritures et cet homme, c'est Varguise. Avec Varguise, on œuvre dans le tout petit, une école sans prétention faite de blocs de réemploi, de châssis de seconde main, de tôles ondulées réutilisées. Ladite école se situe à Karachi mais pourrait tout aussi bien se trouver à Alep, à Kaboul ou à Lima. Pour agrémenter ce bâti disparate, beaucoup de fleurs, du dessin et du rire d'enfants, du bonheur communicatif au service de la vie et de ce que l'on peut espérer d'elle.

Albane et moi nous sommes rendus à l'aéroport pour accueillir notre ami. Albane n'aurait raté ce moment pour rien au monde. Varguise a surgi, émacié dans le flot des voyageurs et a ouvert ses bras quand il nous a vus. Nous avons marché à sa rencontre et chaque pas qui nous rapprochait de lui nous contractait le cœur.

Varguise semblait malade. À l'évidence, il tirait sur ses dernières forces pour donner le change. Sur un sourire inchangé, il nous confia :

– Notre quartier est menacé d'expulsion et je me suis

imposé un petit régime pour sensibiliser les autorités.

Sans demander son avis, j'ai embarqué Varguise à l'hôpital. Il n'était qu'à moitié d'accord mais s'est montré docile. Alors qu'on lui passait sa blouse, je constatai à quel point sa grève de la faim avait été sévère.

– Vous avez pu infléchir les décisions ?

– Malheureusement non !

Albane a réagi :

– Si on peut faire quelque chose pour toi…

Il lui prit la main, la porta à ses lèvres et l'embrassa.

Nous nous sommes retirés en douce quand il s'est endormi. Un taxi nous a reconduits à la maison. Franca, qui nous est dévouée depuis onze ans et qui nous a suivis lorsque nous avons emménagé face à Notre-Dame, avait préparé le repas et la chambre d'amis.

Éloïse que cette visite réjouissait fut surprise de nous voir revenir sans Varguise. À la suite de nos explications, elle a vanté les vertus de *Grabit* dont la fréquentation augmentait.

Après le dîner, elle passa la soirée à rédiger un article bien trempé qui décriait la conversion d'Usquito en aire de stockage de produits chimiques et mit en place une pétition.

Nous avons récupéré Varguise en fin de semaine. D'une constitution solide, il était repassé du côté des vivants. Le week-end n'a pas suffi à remémorer nos souvenirs ni à calmer les débordements de nos cœurs. Varguise nous a quittés lundi pour Rotterdam où des amis à lui aidaient des sinistrés de l'ouragan de novembre. Il nous laissa en manque de sa présence attentive et affectueuse.

Initié par Éloïse, l'appel à solidarité posté sur *Grabit* pour sauver Usquito atteignait déjà les 300.000 signatures.

*

La fin de l'année fut une course d'obstacles. Des opérations en cascades sur Paris, Manchester, Harvard. Pour couronner le tout, on m'a appelé en renfort à la Salpêtrière pour une allogreffe en péril. Pas un jour de connivence avec mes pierres durant toute cette période. Je me suis rendu à Amiens comme prévu à la fin novembre pour corriger la paupière de Vlad. Je m'attendais à le voir accompagné par ses gorilles, mais il est arrivé seul dans mon cabinet.

Servie par une technologie de pointe et du personnel hautement qualifié, mon intervention s'est déroulée sans écueil.

J'ai rejoint Vlad dans sa chambre après son réveil et j'ai eu la surprise de tomber sur Anouchka, sa pétillante petite fille.

– Voyez, Philippe, qui est venue me rechercher !

Anouchka savourait sa victoire. Cette enfant délicieuse entremêle un sabir de russe et de français. La relation taquine et tendre qu'elle entretient avec son père est touchante.

Une fois quitte du volet médical, Vlad prit le temps d'échanger avec moi sur son grand retour orchestré à partir de janvier avec des concerts éparpillés aux quatre coins de la planète. Il me parla d'une vingtaine de représentations prévues dans l'hémisphère Sud sur des lieux emblématiques d'Inadmissibles, avant sa remontée progressive dans l'hémisphère Nord. Il m'invita à découvrir sur *Grabit* au fil de leurs diffusions les douze *slags* illustrés et filmés par Macha et Pavel.

– Le clip réalisé avec la contribution d'Éloïse dans les lumières de la Flèche de la Providence sortira au solstice d'hiver. Les onze autres suivront de mois en mois jusqu'à fin 2029.

J'écarquillai les yeux sur la première date choisie et ma mine stupéfaite provoqua chez Anouchka un rire perlé et quelques mots en langue russe adressés à son père.

Vlad lui sourit puis revint vers moi :

– Ma mère est très attachée à ce moment où la lumière reprend son emprise sur la nuit.

Si seulement il savait…

Cet échange avec le *slagger* fut nourri et détendu. Vlad s'est fort inquiété de la mésaventure d'Albane et j'ai trouvé bon de le rassurer. J'en ai profité, toutefois, pour prendre des nouvelles du générateur zéro carbone de Dadlington :

– Nous avons lancé sa fabrication dans un endroit tenu secret et on attend tous son lancement avec impatience.

Il me parla beaucoup de ce retour sur scène qu'il appréhendait et attendait tout autant.

– Sur ce coup-ci, on sort toute l'artillerie. Avec *Grabit*, les derniers *slags*, les captations, les concerts, on ne peut faire plus fort. Merci de m'envoyer vos bonnes ondes, Philippe. J'en aurai rudement besoin.

Je l'ai tout de même senti plus déterminé qu'inquiet. La bataille engagée gagnait pour lui en ampleur et en alliances. Au rayon des bonnes nouvelles, la campagne menée contre le lobby de l'armement sous le slogan « Les guerres nous désarment, les armes on n'en veut plus guère ! » amorça une réduction substantielle de la dotation consentie annuellement par les États aux fabricants de canons. Un premier pas. Autre combat, autre avancée avec, dans la sphère des riches, trois mégafortunes qui faisaient sécession pour inscrire un volet de leurs activités dans la lutte contre les Inadmissibles. Autre nouvelle réjouissante, l'héritière d'un empire immobilier japonais finançait le carottage de la lithosphère pour atteindre à 6.000 et quelques mètres de fond une poche magmatique de la taille de Tokyo en superficie et en hauteur. Son intention : enfouir les déchets indésirables, dont ceux de Fukushima, dans cette fosse naturelle. J'ai posé à Vlad la question d'éventuelles remontées toxiques. Il m'a chantonné : « Si c'n'est toi qui nettoies, qui concasses ta crasse, planète pas nette, tu es mûr pour le mur. »

Quand est venu le temps de nous quitter, il évoqua l'enregistrement transmis par Frans, en me demandant de le remercier. Il me dit et redit tout le bien qu'il pensait d'Éloïse dont la contribution à son clip avait été déterminante.

J'espérais qu'il évoque Olga mais la porte s'est ouverte sur une déferlante de personnes attachées à la clinique en quête d'une dédicace. Le secret de la présence du *slagger* dans l'unité avait été éventé. Vlad s'est prêté de bonne grâce à ce cérémonial. La petite trouvait le temps long et je l'ai invitée à la cantine pour lui offrir une glace. Affectueuse, elle a pris ma main et cela m'a ensoleillé le cœur. J'ai vécu avec Anouchka un joli moment de complicité. À force de privilégier le sérieux dans nos vies, nous écartons l'innocence et les enfants sont là pour nous ramener à cet essentiel. Mon invitée m'a parlé de sa maman qui habite très loin, même qu'il faut prendre un avion au-dessus de la mer pour retourner à la maison. Elle m'a dit qu'elle aime beaucoup Olga quand elle ne crie pas sur Viktor et Viktor quand il ne crie pas sur Olga. Que son papa ne crie pas, parce que c'est mauvais pour les oreilles.

Nous avons rejoint Vlad qui finissait cette séance de signatures improvisée. J'ai aperçu Dimitri qui trépignait et Boris qui fumait nerveusement, l'œil rivé sur sa montre.

– Nous sommes en plein déménagement. Exit la banlieue de Paris pour la Suisse, me dit le *slagger* en enfilant son manteau. Je compte bien vous revoir à Lausanne dans trois semaines pour le déballage final, Philippe. Je ne vous remercierai jamais assez pour tout ce que vous avez fait pour moi.

J'ai accompagné Vlad et Anouchka jusqu'à la voiture. Au moment de monter dans le véhicule, la petite est revenue spontanément vers moi pour m'embrasser. Cet élan de tendresse a éclairé mon retour à Paris.

CHAPITRE 20

Fabio Serpini a refait surface dans les jours qui ont suivi. Sa détention n'étant plus justifiée avec le départ des Kabayev de leur port d'attache en banlieue parisienne, il a été relâché. Comme c'était à prévoir, ce petit bonhomme infatué et impulsif orchestra un retour hargneux, revanchard en conviant la presse et en disant à qui voulait l'entendre qu'il utiliserait toutes les voies de droit pour obtenir réparation.

Comme je pouvais m'y attendre, il débarqua dans mon bureau quelques jours après sa remise en liberté pour m'exprimer ses doléances. Jouant la carte misérabiliste, ce dandy n'avait pas jugé bon de passer chez le coiffeur pour une coupe et une teinture de ses cheveux en noir. Son allure négligée, avec du poil allant du clair au foncé, le rendait effectivement pitoyable. Il m'a parlé de sa détention et des mauvais traitements qu'il avait subis.

– Tu as été frappé, battu, torturé ?

Ma question l'a désarçonné. Quelques interrogations plus tard, il est apparu qu'il n'aimait pas la cuisine du monastère et qu'il avait une répulsion pour les chants orthodoxes. Il m'arrive rarement de sortir de ma réserve, mais, face à ce farfadet, j'ai durci le ton.

– Cette opération devait rester entre nous et tu n'as pas respecté les consignes, Fabio. Avec tes agissements irresponsables, ce n'est pas seulement notre patient que tu as mis en danger mais toute l'unité. Alors, n'attends pas de moi que je m'apitoie sur ton sort. Ce qui t'est tombé sur un coin de la gueule, tu ne l'as pas volé. Que tu t'évertues à salir tes ravisseurs, c'est ton affaire, mais dis-toi bien une chose : si tu persistes dans cette voie, c'est toute la clinique et moi en prime que tu te mettras sur le dos.

*

Comme prévu, je fis, mi-décembre, un voyage éclair jusqu'à Lausanne pour m'assurer du bon rétablissement des paupières de Vlad. J'ai découvert un lieu de vie fourmillant et au beau milieu de celui-ci, mon *slagger* qui m'accueillit à visage découvert. Il rayonnait et, tel un bon faussaire, j'eus l'impression agréable d'avoir rigoureusement reproduit mon modèle. Je lui ai demandé l'autorisation de le photographier et il s'est plié gentiment à ma demande.

Superbe de féminité et d'élégance, Olga déboucha en coup de vent entre deux rendez-vous. Elle aurait volontiers passé un moment avec nous à l'occasion de cette dernière visite de contrôle mais son temps était compté. Quand je l'ai vue à proximité de son fils, j'ai été saisi par l'exacte correspondance de leurs regards. Une sensation d'amour amplifié me gonfla le cœur en les regardant et j'ai repris mon portable pour immortaliser cette image. Si notre rencontre s'est limitée à cela, la satisfaction d'un travail mené à bonne fin m'a accompagné en regagnant Paris… sans le désagrément d'un sac sur la tête.

La fête de Noël approchait avec les ersatz électrifiés qui foisonnaient pour pallier le raccourcissement des jours. Nous étions à moins d'une semaine du solstice d'hiver et de la sortie sur *Grabit* de ce *slag* que des millions de personnes attendaient.

La flèche de la providence fit son apparition lumineuse alors que je longeais la Seine derrière les dos massifs de mes deux acolytes. La voiture me déposa devant l'immeuble. Je me suis senti libéré d'un poids quand, après avoir remercié Boris et Dimitri, j'ai vu partir mes protecteurs.

Derrière la porte de l'appartement, Albane m'attendait pour fêter la fin promise de nos tourments.

*

Profitant d'une plage plus calme dans mes activités réparatrices, j'ai pris trois jours de congé et me suis habillé en conséquence pour taper la pierre aux côtés de Justin et de ses hommes. Du pur bonheur ! Bien que nous fussions en décembre, le temps était clément et nous avons pu travailler nos pierres en gardant le volet grand ouvert. Les jeunes sculpteurs étaient tout en affaire avec la sortie imminente du nouveau *slag* réalisé par Vlad Rashen. Même engouement du côté de la clinique avec Moneypenny pour ambassadrice et, à la maison, avec Éloïse qui avait participé à la captation du clip sur Notre-Dame et qui piaffait.

Albane est passée au chantier voir l'avancement de ma gargouille alors que nous œuvrions, mon ami et moi, au percement de la bouche.

– Le grimacier t'inspire, me dit-elle sans que je ne puisse décrypter s'il s'agissait là d'un compliment ou d'une pique. Mais elle ajouta aussitôt :

– Elle est très belle ta gargouille, très expressive. J'adore.

Justin nous a invités pour un coup de rouge dans un bistro tout proche. Vieil habitué de la place, il connaît tout sur tout le monde et prend des nouvelles de chacun, un enfant malade, une femme en passe d'accoucher. Aucun prénom ne lui échappe, aucune anicroche de vie ne lui est étrangère. Il se révèle avec les gens comme il est avec ses personnages de pierre, attentif et empathique. J'ai par moment l'impression que ma spécialité m'a transformé en homme sec, momifié dans ses bandelettes. Pendant que le compagnon échangeait avec ses amis, j'ai pris la main d'Albane et je l'ai embrassée, provoquant sa surprise.

– La menace des loups se desserre, ai-je murmuré. On est tiré d'affaire.

Les yeux d'Albane se sont fixés sur moi. Ils demeurent comme je les aime, souriant à l'envi, subtilement éclairés par l'amour qu'elle me porte. Qu'est-ce qui anime encore mon regard au point de lui rendre la pareille ? Quand je me vois dans un miroir, je capte de la dureté, de la fatigue profonde que le sommeil ne rachète plus. Rien de primesautier, d'étincelant. Justin avec sa tête chenue a des yeux qui transpercent, braves et bons, profondément bons. Être observé par lui est une onction, une effusion de sympathie.

Nous ne sommes plus trois mais sept autour de cette table ronde au centre du bistro. Nous passons à dix avec l'arrivée des apprentis. Le vin est à l'honneur et le clip attendu du *slagger* nourrit la conversation. Un moment, Justin se lève et, tendant les bras dans ma direction, laisse parler son cœur :

– Je demande à l'ami qui s'est escrimé à donner à la providence un visage de chair et de sang de montrer la sculpture vivante dont il est l'artisan.

Ses paroles percutent la tablée. Des applaudissements fusent. Le visage de Vlad a juste le temps d'apparaître sur mon portable qu'il circule de l'un à l'autre. On me serre les mains. On m'embrasse. On me tape amicalement sur l'épaule. Des verres se lèvent et se vident. Le vin revient en force dans des pichets. Je n'ai presque rien bu, mais je suis ivre de ce vent de gratitude qui me fouette. C'est trop pour moi et, par assimilation, c'est trop pour le fils d'Olga, ce combattant de l'Inadmissible porté par ses semblables au rang des dieux. Est-il possible pour un homme de rester dans son innocence en étant à ce point adulé ? Reprenant l'image de Justin, j'interroge les phares qui ont dominé cette Terre par leur emprise et par leurs idées. Rarissimes sont ceux qui n'ont pas sombré dans la perversion du pouvoir.

– Vlad est différent. Son levier est la musique, son cri de ralliement est un chant.

Je rétorque à mon ami compagnon :

– Jamais un musicien, si grand soit-il, n'a mobilisé vivant autant de forces vives.

Justin marque un temps de silence avant de répondre avec son sourire oblique :

– Jamais, en effet, et c'est peut-être dans ce souffle de rassembleur que la providence s'est décidée de faire un crochet du côté des hommes.

*

Olga m'a téléphoné le lendemain. Je ne m'y attendais pas. J'arpentais un couloir de la clinique. J'ai gagné en hâte mon bureau pour me mettre à l'abri des oreilles indiscrètes. Nous n'avions pu échanger à Lausanne et j'étais heureux de l'entendre. Je l'ai assaillie de questions sur leur déménagement, l'état d'esprit de Vlad, le retour d'Anouchka chez sa mère. Ses réponses trahissaient sa vulnérabilité et j'ai craint un moment que notre échange ne bascule dans le pathos ou dans les grands transports de tragédienne dont elle était coutumière. Au lieu de cela, elle m'a parlé sobrement de la sortie imminente du clip et en a profité pour me remettre sur les rails de notre relation passée et de cette apothéose fatale qui scella notre rupture.

– J'ai pleuré sans interruption de Berchem à Novgorod, me confia-t-elle.

– Cela n'a pas dû réjouir le pauvre Viktor.

– Il n'en a rien su. Il était à Koprov à piétiner dans sa cellule.

Je n'ai pas insisté et elle a poursuivi :

– C'est sa sœur, Natacha, qui est venue me chercher. Paix à son âme.

Ne sachant trop que répondre, j'ai cherché une échappatoire pour ne pas lester notre échange.

– Vous êtes prêts pour le grand saut ?

– Nous sommes très épuisés et nous avons très peur. La roulette russe, tu connais ? C'est à cela qu'on joue avec ce *slag*.

– Mais tu es confiante ?

– L'équipe s'est surpassée. Le *slag* est disponible en douze langues. Nos traducteurs et nos ingénieurs du son ont millimétré le phrasé de Vlad et ses intonations en les mettant en parfaite concordance avec la version originale. Le résultat est grandiose, mais rien ne nous dit que nos propos vont pousser la grande foule des Habitants de la Terre à briser les douze verrous de l'Inadmissible. Tu connais les hommes comme moi, mon Philippe. Quand tu en convies cent, il en vient un ou deux…

J'écoutais ma tsarine avec surprise. Elle me parlait sans oripeaux, sans accent, sans tournures caricaturales. En fait, elle s'exprimait parfaitement en français et cela m'en disait long sur ses talents de comédienne.

Quand elle revint sur l'intervention chirurgicale pour me remercier, elle le fit sans « r » roulés et syllabes mouillées : « Ce que tu as fait pour mon fils et moi restera à jamais gravé dans nos cœurs ! »

Dans le huis clos de mon cabinet où je pouvais sourire sans qu'elle me voie, je thésaurisai cette coquetterie éventée. Alors que nous étions en passe d'interrompre la communication, elle insista :

– Tu m'appelles quand tu as vu le clip. Puis timidement dans la foulée : Que tu le croies ou non, je t'aime toujours, Philippe.

CHAPITRE 21

Le 21 décembre 2028, en début d'après-midi. Nous sommes devant l'écran, Albane, Éloïse, son ami Aerland et moi. Aerland est Canadien, je devrais dire Canindien à la manière dont il bouge. Pour moi, c'est un Peau-Rouge à qui il ne manque que les mocassins et les plumes d'aigle.

Insensible au vertige, il a parcouru, avec d'autres acrobates, la rivière verticale de bas en haut et de haut en bas pour la réalisation du clip. La tension monte dans l'appartement. La diffusion annoncée pour 15 heures 02 sera-t-elle maintenue ? Y aura-t-il du retard, un report, un boycott ?

Dehors il pleut et la lumière est chiche sur Paris. Comme gênée d'être au centre d'un événement exceptionnel, la flèche retient ses luisances, s'uniformise avec les pierres, avec les douze géants de bronze qui l'encadrent.

Les cloches sonnent les trois coups. Une musique incantatoire prend le relais.

Affalée sur le pavement de la cathédrale, à la croisée du transept, à l'aplomb exact de la trouée, une poupée de chiffon dont la tête est bandée de gaze se transforme en une nuée d'oiseaux blancs qui montent en spirale à l'intérieur de la rivière verticale pour s'éparpiller à son sommet. En équilibre à l'extérieur sur le rebord des lames de cristal, des formes humaines en tenues de soignants descendent vers les hautes statues qui cernent l'embase de la flèche. Notes et paroles affleurent tandis que les apôtres se muent en douze femmes dont les visages sont vitriolés.

Une alternance de plans montre tour à tour les victimes de brûlures à l'acide et Vlad décharné sur la table d'opération, Vlad sanguinolent dont je rattache les terminaisons nerveuses, Vlad difforme dont je reconstruis les chairs et qui martèle ses associations heurtées de mots : « Carnage, carnavage en ravage, mappemonde immonde, la Terre se terre et s'atterre à se taire. Violé, défolié, pollué, le vivant dérivant va crevant… » Quasimodo est de la partie avec des apparitions courtes sur fond de gargouilles dégradées par le temps.

Vlad entre enfin dans le champ, la figure recouverte de son pansement, et entonne de sa voix singulière alliant le rauque et le vibrant : « Maman, maman, je rentre. Reprends-moi dans l'enclos de ton ventre ! » Il se tourne alors dos à la caméra et libère son visage du bandage qui le recouvre. La gaze de coton tombe en vrille dans la lumière depuis le haut de la flèche et est happée par une petite fille rieuse avant de toucher le sol : Anouchka.

Le refrain se répète sur l'enfant qui danse en faisant tournoyer sa prise : « Maman, maman, je rentre. Reprends-moi dans l'enclos de ton ventre. »

Je suis bouleversé, en résistance contre mes larmes. Éloïse éteint le téléviseur. Émotion, silence et immobilité nous rassemblent. Nous sommes hors du temps, saignant de la même blessure que ces superbes femmes défigurées, que notre Terre malmenée, que Vlad Rashen dont le visage décharné exprime l'incessante douleur de nos âmes face aux déprédations causées par l'homme.

Albane pleure sans réserve et sans honte sur ces mutilations inguérissables tandis que, par dizaines, les visages que j'ai reconstruits se rappellent à mon souvenir. Nombre d'entre eux ont payé de leur chair pour leur beauté, leur appartenance ethnique ou religieuse, leurs convictions. Rabibocher le minois d'un petit garçon d'Alep sorti des décombres, réparer la belle Pakistanaise vitriolée par jalousie, rendre à Albane ce qu'une balle de kalachnikov a endommagé, toutes ces interventions ne sont qu'un emplâtre sur la plaie purulente de l'Inadmissible. L'infection est interne et la gangrène galopante. Je repense à Olga et aux douze verrous à fracturer pour renaître à la vie. Je suis ébranlé par ce que j'ai pu voir et entendre et le refrain chanté par Vlad me trotte en tête : « Maman, maman, je rentre. Reprends-moi dans l'enclos de ton ventre ! »

Sous l'emprise de mes émotions, je suis sorti prendre l'air. J'avais enfoui mon portable au fond de la poche de mon manteau d'hiver. Je marchais le long des quais de la Seine quand un coup de lumière a ressuscité la flèche de cristal un bref moment. Un clin d'œil au promeneur. J'ai gagné le banc le plus proche pour téléphoner à Olga comme elle me l'avait demandé. La ligne était occupée et j'ai préféré la rédaction d'un texto à la gaucherie d'un message vocal. Sur le petit cadre blanc, j'ai écrit : « Olga, Olga, je rentre. Reprends-moi dans l'enclos de ton… » Je me suis ravisé en pianotant : « Votre *slag* m'a ému aux larmes. Que tu le croies ou non, mon amour pour toi reste inchangé. » J'étais en passe d'effacer la seconde partie de mon SMS quand, dans la confusion, j'ai actionné la touche d'envoi. Une éclaircie de trois secondes illumina alors la flèche. Il m'a semblé qu'elle riait de ma bévue.

De retour à l'appartement, Éloïse m'a accueilli avec fébrilité. Les premiers chiffres commençaient à tomber, les premières réactions aussi.

– Vlad a mis dans le mille. Les scores d'audience sur *Grabit* sont fa-ra-mi-neux.

Dans le coin salon, Albane échangeait avec Aerland sur les subtilités du montage. C'est son domaine. Elle avait retrouvé contenance et sa vivacité ajoutait à son charme. Assis à proximité, j'ai suivi leur conversation sans vraiment y prendre part. J'avais l'esprit ailleurs, inavouablement ailleurs.

*

Les quelques jours qui nous séparaient de Noël ont été secoués par un mouvement citoyen qui s'en est pris à des statues emblématiques de la planète pour leur masquer le visage. Des potentats, des tyrans, des dictateurs, des monuments figuratifs symbolisant la Justice, la galerie des dieux anciens furent recouverts de bandages blancs partout dans le monde. La statue de la Liberté connut le même sort. Des dizaines de millions de signatures s'amoncelèrent pour réclamer des peines aggravées pour les vitrioleurs dont les condamnations étaient sans commune mesure avec leurs crimes.

Interviewé sur le sujet, j'ai appuyé cette offensive en évoquant l'engagement admirable de mon collègue Mohammad Jawad auprès de victimes de brûlures faciales à Karachi. J'ai débordé du cadre en parlant de l'Afrique et de mutilations irréversibles infligées aux femmes en toute impunité. Cette sortie m'a valu des courriels d'intimidation et, même, une menace de mort. J'ai bien sûr pensé à Vlad en parcourant ces réactions haineuses et salué son courage. « Je valdingue. J'en prends plein la carlingue. Tape, frappe, sape. Cogne, grogne, rogne. Bien fait pour ma trogne ! »

*

Mon frère est passé me voir deux jours avant Noël. Il s'est annoncé la veille pour le lendemain et sans les tours de passe-passe de Moneypenny pour reporter deux rendez-vous prévus depuis des mois, sa venue aurait été compromise. Il a débarqué chez nous sur le coup de midi.

Avant de se rendre au boulot, Albane avait fait préparer par Franca un gratin à réchauffer au four.

Enjoué, Laurent donnait le change. Sorti des tourments d'un divorce pénible avec Mireille, il se disait comblé. La vie lui souriait côté affaires et côté cœur ; et ses enfants, fille et garçon, évoluaient bien. Très bel homme, Laurent m'a toujours renvoyé à l'image peu avantageuse que j'ai toujours eue de moi-même. Comme c'était à prévoir, nous avons exhumé le passé en revenant sur la foi inébranlable de mon père et son attachement viscéral à un catholicisme dogmatique et culpabilisant qui traumatisa notre famille. Nous avons évoqué les femmes de notre clan, une grand-mère pieuse et douce, une mère trop conciliante pour trouver son bonheur en cette vie, une petite sœur musicienne d'une exquise sensibilité enlevée à notre affection un premier jour de l'an par un chauffard. Soucieux de ne pas plomber sa visite avec un souvenir attristant, Laurent a ravivé des moments cocasses de notre enfance, il est revenu sur nos frasques d'étudiants sans oublier, bien sûr, ma période russe avec Olga qu'il compara – assez peu élégamment – à un samovar en ébullition.

– Qu'est-ce qui te fait dire des choses pareilles ?

– L'expérience, Philou. L'expérience.

Ambiguë, sa réponse m'a déplu et il a perçu ma contrariété.

– Rassure-toi ! Il ne s'est rien passé ! Les filles torrides, ce n'est pas mon truc.

Pour quitter ce terrain glissant, Laurent nous a resservi du vin et s'en est pris à la stalagmite de cristal qui avait détrôné la flèche de Viollet-le-Duc et que les artificiers de la cathédrale avaient illuminée à outrance pour les fêtes.

– Y avait des projets plus marrants !

Connaissant mon frère, j'ai évité le sujet. Laurent a besoin d'ironiser sur tout. C'est son ADN. Le coup de pouce de la providence, il s'en tape tant qu'il a son yacht amarré à

Cannes, son fric à Monaco, du succès auprès des femmes. A-t-il seulement regardé le *slag* de Vlad Rashen ? Je me le demande. Quand il revint de la toilette où Éloïse avait affiché sur la porte les douze Inadmissibles dénoncés par l'Agora des Habitants de la Terre, il me balança :

– Tu fais partie de cette secte ?

– Laurent, s'il te plaît !

– Prends pas la mouche, Philou. Je charrie.

Il me tapa amicalement sur l'épaule en contournant la table.

– Pas mal, le coup de ton patient qui retire son bandage de dos. Il nous a tous frustrés, ton Vlad Rashen.

Je relevai ce possessif associé au *slagger* que j'avais soigné et qui me ramenait à Olga. Laurent serait estomaqué si je lui disais que le Vlad en question n'était rien moins que le fils de la femme fantasque et libertine que j'avais épousée dans ma jeunesse.

– Ce type est un phénomène. Mes enfants en sont fous.

– Et toi ?

– Ça ne rigole pas avec lui mais je dois admettre qu'il a quelque chose.

Que Laurent délaissât sa propension naturelle à se moquer de tout valait compliment de sa part.

– Par contre, je préfère être dans ma peau que dans la sienne. Des individus dans son genre ne font pas de vieux os.

CHAPITRE 22

Les douze versions du deuxième *slag* de Vlad Rashen ont été diffusées peu après Noël. Le clip avait pour thème le rejet des migrants : « Gonflable improbable, meilleur ailleurs, sur ton rafiot t'écopes l'eau, pays gentil, t'as pris le large, pays nanti, coule ta barge. » La musique porteuse était symphonique, inspirée de Haendel. À l'image de bateaux qui chaviraient, elle se disloquait. Syncopées, les associations de mots claquaient en plusieurs langues, s'écrivaient fugacement sur l'image. Vlad était présent par sa voix, par son chant avec cette intonation unique qui résonnait au plus vibrant des âmes. Un leitmotiv en russe qui aurait pu se traduire par : « Chez moi, pas de porte de bois ! », donnait au *slag* toute son amplitude.

*

Une lourde opération sur le visage d'un gamin qui s'est jeté dans le vide en espérant mettre fin à ses jours m'a occupé jusqu'à la fin décembre. C'est terrible d'être aussi violemment confronté à la détresse humaine. Cela me met à chaque fois le cœur en pièces. Au moment de l'intervention, je dois puiser en moi la force de m'abstraire pour reconstruire geste après geste ce vivant détérioré.

Sillonnant les couloirs de la clinique, des parents effondrés. Même chagrin pour le frère et les deux sœurs. Moneypenny ne pouvait croiser cette famille sans essuyer une larme, moi, sans détourner le regard.

– On n'a rien vu venir, docteur !

En arrière-fond, j'entends :

– Quelle vie sera la sienne après cette mort différée ?

La voix de Vlad me traverse l'esprit : « Maman, maman, je rentre, reprends-moi dans l'enclos de ton ventre. »

*

Éloïse nous a fait faux bond pour le Nouvel An, destination inconnue ! Albane, qui me sentait dépérir, m'a ménagé une surprise en invitant à la maison quelques bons amis pour passer le cap. Justin et Viviane étaient des nôtres ainsi que Frans et Hélène Patigny. Cédric Paraux était là aussi avec Antoinette. Marie-Cécile nous a rejoints avec Pedro.

Reléguant au second plan les bulles et les plaisirs de bouche, la soirée fut alimentée par des discussions animées en lien avec le retour fracassant du charismatique Vlad Rashen. Plutôt que d'occuper la tribune, j'ai préféré prêter l'oreille à ce qui se disait autour de la table. De l'avis général, le *slagger* disposait ses pions pour une partie qui allait se resserrer nommément sur les Inadmissibles lourds de détérioration du vivant, de la spoliation des biens communs, de la monétisation à outrance. Pour Frans qui s'était penché sur les points de chute de la tournée de Vlad et le calendrier des *slags* programmés d'ici la fin 2029, la stratégie était claire : responsabiliser les grands empires plutôt que les combattre, les forcer à inscrire la lutte contre l'Inadmissible dans l'éventail de leurs programmes. Pour les femmes présentes, comme d'ailleurs pour moi-même, la question préoccupante tenait à la position de Vlad dans ce bras de fer, ainsi qu'à la charge phénoménale qui pesait sur ses épaules. Cet artiste fédérateur, universellement apprécié, demeurait un pourvoyeur de rêves, un lanceur d'alerte là où le politique est inéluctablement rattrapé par la triple tentation du pouvoir, de la gloire et de l'argent. Justin, avec ses belles associations liées à son métier, revint sur les vertus du levier et de ces petits manchons de bois qui, gorgés d'eau, délitent d'énormes bancs de pierre.

Dans notre cercle d'amis, nous redoutions que les jours du *slagger* ne soient comptés, mais étions convaincus par ailleurs que le mouvement amorcé n'était pas près de retomber. Quelqu'un a dit : « Sous l'impulsion de *Grabit*, les trois milliards de décrieurs de l'Inadmissible deviendront quatre, puis cinq, puis six et les mégapuissances finiront par ployer face à la masse montante des réprobateurs. »

Hélène et Antoinette abrégèrent le débat pour dégager l'espace. Nous n'étions pas là pour jouer les prophètes mais pour fêter l'arrivée de l'An neuf. Avec Albane, elles ouvrirent la soirée à la musique et à la danse. Gesticulateur immobile, je suis davantage spectateur qu'acteur dans cette discipline. Mes performances sur une piste tiendraient dans une guérite. Albane, en revanche, se meut avec grâce et inventivité. Un spectacle dont je ne me lasse pas.

Champagne de minuit, on trinqua, on s'embrassa. On sacrifia au rituel des textos. Mon portable frémit. Olga. Elle avait des vœux à me prodiguer, du câlin à me glisser dans le creux de l'oreille. Elle était un peu soûle et moi pareillement. Elle m'alluma, mais je contrôlai l'incendie.

La soirée se clôtura sur le coup de 2 heures avec le départ des Paraux. Au moment de nous mettre au lit, j'entendis :

– C'était elle ?

– Elle ?

– Oui ! Olga.

– Je ne peux rien te cacher.

– Olga Kabayeva. Je connais l'oiseau. Je l'ai vue sur internet.

– Albane, je t'en prie. Ne va pas t'imaginer des choses.

Olga est la mère de Vlad. J'ai reconstruit le visage de son fils. Elle a trouvé de bon ton de me remercier et de me souhaiter la bonne année. Qu'est-ce qu'il y a de mal à cela ?

– Ton air.

– Mon air ?

– Tu étais béat au téléphone.

– C'est la faute aux bulles.

Albane pouffa de rire.

– Je peux imaginer qu'elle te plaise. Éloïse a été conquise par ta Olga.

Poursuivi par ce possessif, je rectifiai :

– par… Olga.

Le champagne se superposant à ma gêne, j'étais en nage et m'échappai du côté de la salle de bains pour me rafraîchir. À mon retour, Albane s'amenda :

– Pardon, Philippe. Je suis pompette et je dis n'importe quoi.

Le lendemain, mon réveil fut vaseux. On approchait les 11 heures quand je me suis levé. Notre petit accrochage de fin de soirée me restait sur le cœur. Je bus mon café face à Notre-Dame dans un désordre de vaisselle sale, de bouteilles vides et de reliefs de nourriture. Cette odeur m'indisposait et me ramenait à une autre fête désespérément triste. L'eau avait coulé sous le pont et je me tourmentais à cause d'internet qui engrange tout sur tout le monde et pourrait mettre Albane sur la piste de cette « peu recommandable » Olga de mes premières amours qui n'était autre que la mère de Vlad. Cette préoccupation me rongeait et je la combattis en effaçant toutes traces des agapes de la veille.

– Tu aurais pu m'attendre pour le rangement.

Échevelée dans un peignoir bleu lavande, Albane prit place à table en bâillant et ne m'empêcha pas d'être aux petits soins pour elle. On échangea nos ressentis sur nos invités, sur Frans et ses terrifiantes histoires d'exfiltration d'armes, sur la qualité du buffet, la finesse des vins sans revenir sur l'incident de la nuit.

*

Dès que l'occasion se présenta, je m'isolai et entamai mes recherches. La matière était très abondante et, pour couronner le tout, nombre d'interviews étaient rédigées en russe, ce qui m'en rendait leur contenu quasi inaccessible. C'est au travers d'un long article accordé à Viktor Kabayev que le nom d'Olga Mirachencko surgit. Étaient mentionnés Bruxelles, l'atelier de sculpture, un mariage éclair avec un étudiant en médecine. J'étais grillé.

Rassemblant mon courage, j'ai pris la décision de jouer cartes sur table avec Albane. Cela s'est passé dans un restaurant thaï qui venait d'ouvrir ses portes dans le quartier. J'avais bien préparé ma leçon et, malgré cela, elle m'a coupé la chique presque instantanément.

– Mais qu'est-ce que tu imagines, Philippe ? Il y a un bail que j'ai fait le rapprochement entre tes deux Olga. Tu es tellement candide. Avec les outils dont on dispose aujourd'hui on peut tout savoir sur tout le monde.

– J'ai voulu te préserver.

– Pas au début, mais passons. On a tous un jardin secret et je ne m'octroierai jamais le droit de t'en interdire l'accès. Par contre, jouer franc jeu quand on vit en couple…

Je n'aurai jamais le dernier mot avec Albane. J'ai préféré battre en retraite. Je savais d'expérience que le moment venu, elle me saisirait la main et rétablirait sur quelques mots et la tendresse d'un regard toute la force de son amour pour moi.

– Je ne veux pas être un frein ou un éteignoir, Philippe.

Je n'ai pas le panache d'Olga. J'ai seulement peur par moments qu'elle nous éloigne l'un de l'autre.

Je n'ai pas jugé utile de partir dans de grandes déclarations et des promesses en l'air. J'ai juste admis la subsistance d'un lien fort avec la mère de Vlad et le tourment que cela me causait.

– Je ne suis pas un tricheur. Je suis avec toi et je te demande ta confiance.

Les yeux d'Albane retenaient leurs larmes. Elle a doucement retiré sa main de la mienne pour prendre sa serviette et se tamponner les yeux.

Nous sommes retournés, bras dessus bras dessous, par les quais de Seine. Les ombres apostoliques en garde du pied de la Flèche nous observaient.

CHAPITRE 23

Nous avons reçu des nouvelles d'Éloïse par courrier électronique. Je commençais à m'inquiéter de son silence, Albane, elle, se faisait du sang d'encre. Après ce qu'elle a traversé, je peux comprendre.

« Chers parents de cœur,

Sous l'impulsion d'Aerland qui ne recule devant rien, nous avons enfourché sa puissante moto pour nous rendre en Syrie où Vlad commence sa tournée dans l'amphithéâtre de Bosra. Cette décision n'a pas été réfléchie et, mauvaise fille, j'ai reporté d'un jour à l'autre ce petit mot qui devait vous rassurer. Pardon ! Cela étant confessé, je passe mes journées accrochée aux flancs de mon apache et quand je ne le vois pas de dos, j'ai sa belle tête devant moi et ses yeux d'amour qui prolongent son sourire. Les contrées que nous traversons m'immergent dans une autre perception du réel. Le vent, les odeurs, les gifles de pluie, le froid de l'hiver, les rencontres fortuites avec les gens à l'occasion d'une halte enrichissent notre escapade de sensations que les reportages les plus accomplis ne restituent pas. Indissociable compagnon de notre temps, l'écran reste l'écran, un objet rectangulaire ouvert à soixante degrés, une machine chichement entrebâillée sur le grand tout. Aerland m'invite à découvrir ce grand tout qui nous enveloppe avec les outils de perception que sont nos sens. De mon côté, par déformation universitaire, je ne peux m'empêcher de revenir mille ans en arrière en ressuscitant les hordes de croisés qui ont emprunté à pied, à cheval, en chariot le chemin que nous prenons aujourd'hui jusqu'en Syrie. Nous parlons beaucoup de l'exclusion qui fut une des grandes plaies du Moyen Âge avant de nous rattraper en force aujourd'hui. Petit-fils d'une indienne de la tribu des Mohawks, Aerland sait mieux que personne ce que cela signifie d'être rejeté. Nous avons traversé le Bosphore hier et pénétrons en Turquie. La misère se voit, se respire quel que soit le pays qu'on traverse. Elle nous désole et nous renvoie à notre impuissance. Nous avons hâte de quitter Istanbul pour fuir l'éparpillement de détritus qui défigure le port sur terre et sur mer. Je me tourne vers Laurent le Magnifique qui a laissé à l'Histoire cette phrase : « Il faut tuer la laideur ! » Une ligne de conduite que ni Vlad ni toi, très cher Philippe, ne démentirez… »

*

Le *slag* qui réclamait aux boursicoteurs et aux *assoiffeurs* de la Planète la restitution de l'eau aux êtres vivants sortit le 4 janvier dans ses douze versions : « Argent valeur, argent voleur, l'eau à la bourse, bourse à la source, t'as pas de fric, tu coules à pic. » Pour cet *Inadmissible* dénoncé par Vlad Rashen, une perle musicale et visuelle associant des voix de vedettes du chant au timbre frémissant du *slagger*. La composition fut diffusée la semaine précédant le premier concert programmé par Vlad et ses acolytes dans l'amphithéâtre géant de Bosra en Syrie le 11 janvier. Via *Grabit*, la captation fit le tour de la Terre en quelques heures et amena devant les temples de la finance du monde entier des dizaines de millions de personnes. Des tagueurs se regroupèrent en masse pour peindre sur de hauts murs contigus à ces lieux de spéculations l'effigie de la « statue de la spoliation » sans que les forces de l'ordre pussent les en empêcher. Chicago, New York, Montréal, Milan, Paris, en tout une centaine de places boursières furent envahies.

Construite en novembre 2021 au sein de l'Agora des Habitants de la Terre par un groupe d'artistes en révolte contre la mise en bourse de l'eau, cette sculpture mobile de sept mètres de hauteur sillonna à l'époque l'Europe. Faite de seaux métalliques retournés et de vieilles bassines galvanisées, elle représentait une longue femme, tête jetée en arrière et bouche grande ouverte. Dans sa main droite tendue vers le ciel, une vasque pour récolter l'aumône des pluies. Une réplique de la statue de la spoliation fut assemblée en Ukraine au départ de carcasses d'engins militaires explosés. Même initiative en Syrie. En Colombie, au Myanmar, au Yémen, au Burkina Faso et au Mali, des artistes locaux érigèrent cette cueilleuse de pluie en se servant de débris de vieux véhicules. Fidèle au modèle original, une copie de l'œuvre au départ de cruches à lait et de barattes trouva place devant le siège de Nestlé en Suisse avant d'être déboulonnée par les autorités helvètes. À Atlanta, des activistes se servirent de canettes de Coca-Cola pour installer devant la maison-mère de ce breuvage une statue de la spoliation de douze mètres de hauteur. Ailleurs, c'est avec des récipients en plastique, des débris de bois, des décombres et même des fragments de verre que les spoliateurs furent pointés du doigt.

Cette mobilisation d'envergure planétaire conduisit à l'ajout dans la Déclaration universelle des droits de l'homme d'un article 30bis actant le droit à l'eau pour tous. Elle amena aussi L'ONU et 141 États à revenir sur des engagements bafoués depuis un quart de siècle. Une petite victoire dans cette avancée d'escargots.

*

Pour des raisons professionnelles, je ne fus pas présent au concert de Bosra et je le regrette. Éloïse, par contre, était sur place avec Aerland et m'a dit le plus grand bien de la prestation de Vlad. Ils se sont revus à l'issue du spectacle, ont eu le temps d'échanger alors que j'ai dû me contenter de la captation filmée de l'événement sur *Grabit.* Comme annoncé, le *slagger* n'a pas montré son visage. Je me suis senti écarté de la fête et, bien que sa décision me soit connue, cela m'a affecté. J'ai toutefois appris par Éloïse qu'il vivait au quotidien sans se cacher la face et qu'il ne manquait pas une occasion de témoigner sa gratitude à mon endroit pour ce qu'il qualifiait de « résurrection ».

*

« La tournée se poursuit et nous rejoignons Vlad au Qatar sur notre coursier de fer. C'est dans les infrastructures démentielles qui accueillirent en 2022 les jeux olympiques d'hiver que le concert est programmé. Les routes étant incertaines, Aerland s'est sanglé une arme sous l'aisselle. Il s'en est servi une fois pour neutraliser d'une seule balle un serpent des sables qui s'est dressé devant moi. Son adresse m'a stupéfaite. Autre sujet de stupéfaction, ce contraste saisissant entre une pauvreté hurlante et une richesse ostentatoire qui provient du sacrifice sans état d'âme de notre écosystème sur l'autel de la convoitise. On attend autant qu'on redoute cette dénonciation cinglante d'*Inadmissible*s qui fustige les chacals au pays des chacals. Vlad reste impavide, du moins en apparence. Conscience ou inconscience, il se dit protégé par l'énorme bouclier de sympathisants qui adhèrent à son combat. Aerland se montre plus circonspect. Quant à moi qui les adore l'un comme l'autre et vous chéris tout autant, je mets une brassée de mes bonnes ondes dans la corbeille du vent et vous les dispense sous forme de baisers. Votre Eloïse »

Une fois n'est pas coutume, mais Albane s'est rendue

jusqu'à la clinique pour partager un tracas consécutif au dernier courriel envoyé par sa fille.

– Je ne suis pas à l'aise avec cette histoire de serpent des sables abattu à bout portant et je me suis permise d'investiguer sur Aerland. Ce dernier n'est mentionné nulle part comme monteur de chapiteau au Cirque du Soleil ni comme cascadeur sur les séries télévisées dont il m'a parlé.

– Tu veux dire ?

– Il y a quelque chose qui cloche du côté de ce garçon…

– Rien n'empêche quelqu'un comme lui d'être un passionné d'armes de poing et un fin tireur. Quant à ses petits boulots à droite à gauche qui font appel à son agilité, ils peuvent glisser entre les mailles de contrats passés en bonne et due forme.

– Quelque chose ne colle pas, Philippe. Tu peux me croire. Pose la question à Frans.

Au nom de la tendresse que le jeune couple m'inspire, je dois me forcer pour former le numéro de notre ami. Il y a enjeu d'amour et j'en suis presque à espérer que personne ne me réponde. Au lieu de cela, Frans surgit dès la première sonnerie. Je vais droit au but. Il prend note du problème en intercalant ses petites notes caustiques qui le caractérisent. Il éprouve le besoin de nous rappeler qu'on peut toujours compter sur son aide et qu'on a bien fait de s'adresser à lui pour clarifier ce doute.

– Nous disposons d'un logiciel poussé de reconnaissance faciale qui pourra identifier l'ami d'Éloïse. Tu m'envoies quelques photos de l'individu et je fais le reste. Le spectre est large et, surtout, ne soyez pas impatients. L'opération peut prendre quelques jours.

La communication interrompue, nous nous regardons Albane et moi et nos mains se joignent au-dessus de mon bureau. Il fait gris dehors et quelques flocons blancs tombent en douce derrière la vitre. Il neige sur Paris.

*

« Chers vous deux,

Après Qatar, nous avons gagné Dubaï à dos de moto tandis que Vlad et son équipe bougeaient en grappe au sein d'un convoi hyper sécurisé. Là où nous nous autorisons, Aerland et moi, des petits détours balnéaires et des crochets touristiques, Vlad évolue d'un point de chute à un autre pour se claquemurer dans un hôtel à proximité de l'endroit où il se produit. Même chose pour Olga qui nous envie de pouvoir bouger sans menace et de prendre la vie par le bout de la légèreté. Si les premiers concerts donnés dans les Émirats ont attiré la grande foule et recueilli un immense succès, ils ont mobilisé un service d'ordre phénoménal pour mater toute velléité d'émeute. Parmi les *slags* au programme, le dernier *Inadmissible* interprété par Vlad dans sa version française est une véritable déclaration de guerre à l'encontre des vendeurs d'énergies polluantes et de toute activité nuisible à la bonne santé de notre environnement. « Plus de fric pour les derricks. Plus de rejets abjects. Barrons les barils, barrons les barons… » J'imagine les mêmes propos en langue arabe, on ne sortirait pas vivant de cette région du monde. À raison de deux concerts par semaine, Vlad malmène les empires pétroliers et décrie la nocivité du fossile. Ce qui se déroule maintenant n'est rien à côté de ce qui se prépare fin janvier avec la sortie du quatrième *slag* multilingue qui sera diffusé sur *Grabit*. La caravane du *slagger* aura quitté les régions pétrolifères du Moyen-Orient alors. C'est, selon moi, une sage précaution. Le boutefeu allume la mèche, le clip va mettre le feu aux poudres. C'est, en tout cas, l'avis de mon apache préféré qui est en balade sur son mustang à deux roues et à qui je me joins pour vous embrasser.

Votre Éloïse. »

CHAPITRE 24

Frans m'est revenu par voie d'écrans interposés. Lui à Bruxelles, moi dans mon cabinet de Saint-Laurent. Sur un ton particulièrement désinvolte, il m'a présenté le fruit de ses recherches comme s'il s'agissait d'une farce. Cela m'a dans un premier temps désarçonné.

– Cela n'a pas été sans mal, mais je tiens notre homme qui n'est pas monteur de chapiteaux ni cascadeur de série B mais un ex-poulet qui s'est fait recruter par BlackRock, le fonds d'investissement le mieux pourvu de toute la Planète. Douze mille milliards de dollars au compteur. Tu féliciteras Albane pour sa sagacité. Elle n'habiterait pas si loin, je l'intègre *illico* dans mon équipe. Avant d'aller plus avant, je te rassure, mon cher Philippe. Aerland Potomak ne s'appelle pas Aerland Potomak mais Jason Fendeur ou Hugues Lacharité ou Félix Ribertin. Tout dépend de la mission qui lui est confiée. Côté maniement des armes, rien à redire. Il te descend un moustique en plein vol avec son flingue sans allumer la lumière. Ah oui ! J'oublie le plus important tant qu'il est question d'insectes. Il fait partie de la ruche.

– De la ruche ?

– Oui ! Tu te souviens des trois cocos qui ont importuné Albane ? Eh bien ! Ce sont des potes à lui.

– Qu'est-ce que tu me racontes ?

– J'en viens au fait, Philippe ! Vlad a ses ennemis et ils sont un paquet à vouloir le refroidir. Nos quatre zouaves font partie de ceux qui veulent à tout prix le maintenir en vie. Imagine la fortune engrangée par BlackRock si le générateur zéro carbone de Dadlington devient sa chose. Ton Aerland est une seconde cuirasse pour Vlad Rashen et je veux bien parier la chocolaterie de ma femme qu'il a derrière lui un paquet de collaborateurs discrets.

– Éloïse évoque en effet des balades en solitaire.

– Tout concorde, mon Philippe. Quant à l'issue de cette jolie histoire d'amour entre ce super flic et ton adorable belle-fille, j'ai bien peur qu'elle ne passe à la trappe.

Nous restons un moment silencieux avant que je ne reprenne :

– Alors, Frans, on fait quoi ?

– Rien !

– Est-ce qu'il ne serait pas judicieux de jouer cartes sur table ?

– C'est à vous deux de décider s'il faut mettre Éloïse au parfum ou la laisser sur son nuage.

– Et Olga ?

– Pas nécessaire ! Elle sait. Contente-toi de rassurer Albane. C'est elle qui en a le plus besoin.

*

Comme présagé par Éloïse, le *slag* diffusé sur *Grabit* à la fin janvier eut des retombées tragiques aux quatre coins de la planète là où l'extraction détruisait le biotope et la santé des autochtones. Il y eut un peu partout escalade de violence et répression des forces de l'ordre dans le sang. Des morts à déplorer. « C'est le prix à payer, » me lança froidement Paraux alors qu'en salle d'opération nous rendions figure humaine à une accidentée de la route.

*

De passage à l'atelier pour une visite à Justin, j'ai constaté avec surprise que ses apprentis avaient mis un ange musicien en veilleuse pour tailler dans de la pierre d'Aubigny la femme oblongue réclamant au ciel de quoi étancher sa soif.

J'ai échangé quelques mots avec eux avant de rejoindre mon ami dans le petit local où il avait coutume de me recevoir en fin de journée autour d'un verre de vin. De fines lunettes en équilibre sur le bout de son nez, Justin lisait son journal dans un fauteuil défoncé amorti de vieux coussins.

– À un mal succède un bien, me lança-t-il d'emblée en guise de bienvenue.

Il m'a tendu un hebdomadaire où Vlad figurait en pleine page à côté du fameux générateur zéro carbone de Dadlington et d'un trio d'investisseurs comptant parmi les cent plus grosses fortunes du monde.

– Tu dois lire, Philippe. C'est édifiant.

Pendant qu'il nous versait son rouge rituel accompagné de petits dés de saucisson sec, j'ai parcouru l'article en diagonale. Eau, H_2O, fission moléculaire pour produire de l'hydrogène au départ de ce séparateur révolutionnaire de la taille d'une cuisinière.

Je savais tout cela et j'ai recueilli l'indignation de Justin pour l'ajouter à la mienne :

– Cela fait près de trente ans que cette invention est sous séquestre. Tu te rends compte ?

L'image de la CIA effaçant toute trace du passage sur Terre d'Alan Dadlington est repassée devant moi et je me suis mis à trembler à la lecture de la version édulcorée du journaliste qui me ramenait à ce que Vlad m'avait révélé de vive voix. Pour reprendre contenance, j'ai levé mon verre à cette folle nouvelle et à notre amitié tandis que Justin, en poète, sculptait avec ses mots la quintessence de ce qu'il avait lu.

– L'eau providentielle, productrice d'électricité propre, de chaleur sans émissions, de puissance motrice non polluante. L'eau réparatrice, l'eau fractionnée, démuselée. Voilà une belle lumière dans la nuit.

*

Petit rouage – à son insu – dans l'histoire de la résurrection de ce générateur, Albane a poursuivi quand je suis rentré chez nous :

– S'il est vraiment vrai que cette découverte a été occultée par les magnats du pétrole et des énergies noires pendant près de trois décennies, ces gens méritent d'être poursuivis comme *planéticides*. Leurs trente années de profits juteux ont coûté à la Terre des centaines d'années de dommages et de tragédies. On en pleurerait.

*

Olga m'a appelé brièvement le 7 mars pour m'annoncer le décès de Viktor Kabayev. Le vieux loup des steppes qui batailla jusqu'à sa dernière dent contre la meute des corrupteurs et des corrompus est mort dans son lit. Olga était très affectée. Je l'étais aussi alors que j'avais à peine rencontré ce personnage hors normes, pétri de colères et d'indignations. Prévue le samedi 14 mars, la cérémonie d'adieu et d'inhumation dans le caveau familial aurait lieu à Novgorod où il partageait la maison familiale avec sa plus jeune sœur qui l'aidait au quotidien. Une fois l'information passée, Olga s'est libérée dans un sanglot :

– C'était mon mari ! Je l'ai laissé mourir comme un rat dans son trou. Je n'ai même pas été là pour lui fermer les yeux, lui dire au revoir. Je suis mauvaise.

J'ai objecté et je m'apprêtais à dire une banalité sur notre impuissance à maîtriser les coups du sort quand elle est venue à moi avec cette demande :

– Vlad ne pourra pas être présent. C'est trop dangereux. J'ai besoin que tu viennes, Philippe.

– Je serai là, ai-je embrayé sans savoir si Moneypenny parviendrait à désencombrer mon agenda.

J'ai annoncé le décès de Kabayev à Albane et l'ai informée de mon intention de me rendre en Russie pour ses funérailles.

– C'est toi qui vois, m'a-t-elle répondu sans que je puisse cerner si j'avais ou non son approbation.

– Tu as des réticences ?

– Pas les moindres.

– Tu peux m'accompagner si tu veux.

Pour ne pas aborder le chapitre de ses peurs, elle abrégea :

– Je n'ai jamais rencontré ce monsieur.

Dans l'avion qui me menait en Russie, j'ai parcouru une longue interview de Viktor Kabayev. Brute de décoffrage, la traduction informatique était un sentier caillouteux où j'achoppais à chaque phrase mais cela ne m'empêcha pas d'en saisir le sens. Quel bonhomme que ce dissident, quel parcours, quel courage, quelle intégrité ! Avec mon petit bagage de réparateur de visages, ma petite vie bourgeoise, mon petit confort, je ne pesais pas grand-chose à côté du personnage. Bien qu'elle ne fût que rarement citée, j'ai mesuré l'importance d'Olga dans cet engagement d'une vie. Tour à tour grandiloquent, contestataire, accusateur, cet adversaire du politique en place avait mordu tous azimuts avec ses pétitions, ses actions juridiques, ses dénonciations. Sans ce fils aux dispositions musicales exceptionnelles et l'invention du *slag* fouettant mots et idées, les accès de fureur de ce vieil écorché vif en guerre contre toutes les formes d'enrichissements occultes et illégaux préjudiciables à la Terre et à ses habitants auraient sombré dans l'oubli. Les contestataires passent, les grands compositeurs sont immortels ! mentionna-t-il quelque part. Était-ce une réflexion sage ou une observation amère sur l'égarement de son combat ? Il ne trancha pas et c'est mieux ainsi. « On rassemble des astres. On les dispose dans le ciel sans connaître l'étoile qui peut nous donner le nord. Vlad aura été pour moi cette étoile ! » Viktor Kabayev ne pouvait rendre à son fils un plus bel hommage.

J'étais à Novgorod bien avant l'heure, un voyage sans anicroche qui me laissa espérer que ce pays anéanti par Poutine et sa clique connaîtra des jours meilleurs avec le nouveau pouvoir en place.

Je me suis installé dans l'église à l'abri d'une colonne derrière les places réservées à la famille. Il y avait des fleurs en quantité. Il faisait froid et l'attente me parut longue malgré la majestueuse beauté de l'édifice qui harmonisait des rouges et des ors dans une dispersion de bougies. Le monde finit par envahir l'espace. Le cercueil, porté à l'épaule par quatre hommes parmi lesquels j'ai cru reconnaître Alexeï Navalny, gagna le chœur ouvrant le passage à Olga, à Meryl avec son bébé, à Anouchka donnant la main à une ravissante femme blonde, sa maman.

Dans sa tenue sombre, Olga sortait tout droit d'une tragédie grecque ou, plutôt, d'un roman de Dostoïevski. J'ai frémi en la voyant. Sa tristesse n'altérait pas sa beauté, au contraire. Ses yeux de husky, semblables à ceux de Vlad et d'Anouchka, brillaient de l'éclat inchangé de ses vingt ans. Au fond de moi, je débordais d'amour. Persuadé qu'elle ne m'avait pas aperçu, je l'ai regardée prendre place au plus près du défunt. Je l'ai vue s'adresser à Anouchka qui se tenait entre elle et sa mère. L'enfant s'est empressée vers moi pour m'indiquer dans un élan de complicité une chaise restée libre à proximité de la famille.

L'office ne tarda pas à commencer avec son décorum orthodoxe, ces chants graves, ces témoignages vibrants à la mémoire du dissident. Olga rendit un dernier hommage à Kabayev, lui fit ses adieux. Elle traversait un lac gelé dont la glace pouvait se rompre. L'assemblée retint son souffle.

J'ai accompagné Viktor Kabayev jusqu'à son aire de repli. Nous nous sommes rendus ensuite pour une collation dans la tanière du loup, le rez-de-chaussée sommairement aménagé d'une habitation vaste et négligée de couleur jaune dont la pièce de vie était envahie de dossiers, d'affiches militantes, de photos liées à son combat. Se soustrayant au flot de condoléances, Olga me rejoignit, alors que des serveurs élégants venaient à nous avec des boissons chaudes et des blinis. Nous étions frigorifiés. Le bonheur de nous revoir supplanta vite la gravité des circonstances.

– Tu découvres notre quartier général, me lança-t-elle sur un regard périphérique qui cherchait à débusquer l'une ou l'autre présence suspecte et arborait par intermittence cet air malicieux qui m'avait toujours charmé chez elle. Faute de pouvoir me consacrer du temps à cause des invités qui la harponnaient, elle happa Anouchka, lui glissa trois mots en russe puis revint vers moi :

– Je te confie à la fille de Vlad, elle se fera une joie de te montrer le reste de la maison.

CHAPITRE 25

J'ai eu ce trésor de petite fille comme guide. Elle m'a amené partout : l'antre musical de son père avec ses vieux jouets, ses posters, ses premiers instruments, l'enclos conjugal poussiéreux de ses grands-parents avec ses coussins, ses étoffes, ses tapis, ses fourrures, ses miroirs embusqués. Elle m'a montré le quartier d'Anna Kabayeva, notre hôtesse, elle m'a ouvert la porte d'un réduit amoncelant livres et revues, d'une salle d'eau fatiguée, d'un boudoir encombré, d'un dressing digne d'un théâtre. Elle m'a conduit sous le toit dans l'atelier d'artiste d'Olga avec sa verrière rafistolée, son four hors d'usage, ses pains de terre desséchés. Dessinés au crayon gras, des visages torturés étaient punaisés sur les murs. Sur toutes les tables et dans tous les recoins, une peuplade de sculptures en terre s'exprimait dans du cri, du râle, de l'extase, sans qu'on puisse déterminer la part de douleur ou de plaisir qu'elles restituaient. Une tête émaciée de Viktor ébauchée à la sauvage occupait la tournette. Les commentaires d'Anouchka donnaient leur touche et je m'en régalais :

– Elle a fait ça un jour où elle était très en colère !

Olga nous a rejoints dans l'atelier, relevant sa petite-fille de sa mission. Elle a glissé ses mains dans les miennes et m'a remercié pour ma présence avec les mots rituels :

– C'est gentil d'être venu, Philippe. Et d'ajouter : je me sens si seule.

– Je ne saisis pas.

– Qu'est-ce que tu ne saisis pas ?

– Ce sentiment d'abandon avec la vie que tu mènes. Tu as une foule de gens autour de toi. Tu as Vlad, tes petits-enfants, une famille, un projet dont le retentissement n'a plus de frontières…

– Je n'ai personne. Tu vas rentrer chez ta femme et je vais gagner le Myanmar comme une coquille vide. J'aurai tout perdu en cette vie et je n'ai d'autre choix que de continuer comme je l'ai toujours fait, sans la hargne de Viktor, sans le réconfort de quelqu'un comme toi.

Elle résistait à la pression des larmes puis, soudainement, se glissa entre mes bras. Je l'ai accueillie dans ma gaucherie, m'abandonnant à cette étreinte bienfaisante que mon cœur était incapable de réprimer.

– Tu seras présent quand je partirai ?

– Si tu me promets la pareille, je te dis oui.

Elle se détacha alors et virevolta. Avisant un autoportrait qu'elle avait crayonné sur un carré de papier fort, elle me le donna.

– Je te laisse cela pour le cas où tu ne me reconnaîtrais plus.

Je suis redescendu du grenier derrière elle après avoir glissé son présent dans la poche intérieure de ma veste. En bas, les invités se retiraient. Ma petite guide avait rejoint sa mère. Apercevant Meryl avec son bébé, je me suis rapproché d'elle pour la féliciter. Les yeux brillants, elle a embrayé sur Vlad sans que je ne lui demande rien.

– Il travaille jour et nuit. Il n'a pas de temps pour nous. C'est à peine s'il voit son fils.

Ne sachant trop que dire, j'ai été soulagé de voir arriver Anouchka qui, non contente de m'avoir piloté à l'étage, tenait à me présenter son petit frère.

Assaillie par un barbu ravagé par l'alcool, la mère de la fillette nous observait du coin de l'œil. J'ai bien senti la tension entre les deux femmes de Vlad.

Reconnaissable entre mille, Anna Kabayeva, la sœur du défunt, vint vers moi avec deux verres de vodka. Elle parlait bien français et nous échangeâmes quelques mots sur les derniers moments de Kabayev.

La réception des funérailles prit fin quand Olga rassembla sa troupe pour regagner Moscou où elle avait prévu de faire étape le soir même avant de repartir pour le Myanmar le lendemain en matinée.

– Vlad se produit dans trois jours à Rangoun et il tient à ce que je sois là.

De mon côté, Moneypenny m'avait réservé une chambre à Novgorod et mon vol de retour pour Paris était programmé dans un délai confortable au départ de Domodedovo. Je n'avais donc aucune raison de céder à la précipitation et ménageai de tendres adieux à Olga lorsqu'elle leva le camp.

Alors que je me préparais à regagner mon hôtel, Anna me proposa de manger avec elle. La curiosité me tenaillait davantage que la faim et j'acceptai sa proposition.

La maison était sens dessus dessous. J'aidai mon hôtesse à remettre de l'ordre en conversant avec elle. J'appris qu'elle était, elle aussi, diplômée en médecine et qu'elle avait été présente à l'accouchement d'Olga, en l'absence de Viktor alors incarcéré à Koprov. Elle a évoqué Natacha, sa grande sœur, une journaliste d'investigation qui fut défenestrée par la police d'État. De l'assassinat camouflé en suicide. Elle m'a raconté le combat incessant de Viktor, le frère adoré, son rapport difficile avec l'épouse, trop fantasque à son goût, son amour sans réserve pour l'enfant du couple.

Alors qu'elle nous préparait un repas, il me prit l'envie de me rendre à nouveau dans l'atelier d'Olga où une sculpture en terre m'avait accroché le regard. Permission accordée, je suis remonté sous la verrière, ai allumé l'éclairage. Le soir tombait. Femme habillée d'écorce ou écorce emprisonnant une contorsion de femme sortant de l'arbre en expirant son cri, la statue m'apparut comme une puissante dénonciation des écocides et de leurs auteurs. Je me suis octroyé cette statue et Anna n'a eu d'autre choix que de m'accorder cette faveur. Dans sa bienveillance, elle m'a aidé à l'empaqueter, se rendant ainsi complice de mon délit.

*

De retour à Paris, j'ai déballé la terre cuite d'Olga en présence d'Albane et d'Éloïse qui nous était revenue. Toutes deux furent séduites. Albane y entendait un cri d'alerte lancé par le vivant au nom des muets de la nature, Éloïse y voyait un verrou de l'Inadmissible qui se fracture. Après avoir échangé sur la portée de la sculpture, l'inévitable question tomba :

– C'est elle qui te l'a donnée ?

– Non ! Je l'ai volée… avec l'accord de sa belle-sœur, Anna.

*

Le *slag* multilingue du mois d'avril qui incitait l'ONU à exiger la diminution d'un quart des sommes phénoménales allouées par les États à la fabrication d'armements résonna à nouveau avec en refrain : « Les guerres nous désarment. Les armes, on n'en veut plus guère. » Préparé de longue date au départ d'un chant polyphonique progressivement entrecoupé de tirs, de rafales et d'explosions, le clip proposait un défilement ininterrompu de portraits d'usurpateurs militaires appartenant au passé et au présent en fusionnant leurs visages. Huit syllabes accusatrices ponctuaient la thématique : « OTAN, va-t'en. T'as eu ton temps ! »

Ces deux petites phrases amenèrent devant les différents

sièges de l'institution des millions de personnes. Elles furent écrites partout, sur les murs, sur les routes, sur les voitures, sur les corps des manifestants. Elles causèrent un grabuge sans précédent que Vlad et son équipe n'avaient ni prévu ni souhaité. Ce dérapage provoqua quantité de réactions réprobatrices de la part des hautes instances militaires et politiques. Fidèle à sa ligne de conduite, le *slagger* ne donna aucune interview, ne rencontra aucun de ses détracteurs.

En infériorité face à une mobilisation massive d'opposants à ce bras armé imposant sa force et ses vues partout dans le monde, une commission chapeautée par l'ONU fut mise sur pied pour juger du maintien ou de la suppression de cet énorme et coûteux bateau torpillé par la pointe acérée d'un crayon de poète.

*

Nous avons profité des vacances de Pâques pour quitter Paris et passer deux semaines à Belle-Île. Les beaux jours revenaient et, si la maison nous tenait au cru comme une pèlerine humide, le soleil compensait pour qu'on n'ait pas à regretter notre escapade. Cette salutaire parenthèse nous permit de nous retrouver en couple, de vivre ensemble le réveil printanier de la nature et de nous rappeler que la vie peut se passer de montres, de portables et d'agendas. Nous avons beaucoup parlé, Albane et moi, beaucoup échangé sur la tournure que prenaient nos carrières professionnelles et nos rêves respectifs.

En fait, le métier de monteuse où Albane excellait ne la satisfaisait plus depuis que l'intelligence artificielle avait remplacé les imaginatifs chargés des projets. Nous cherchâmes à deux une voie plus propice à son épanouissement. Volontairement isolés de l'actualité du monde et préservés par Moneypenny qui gérait de main de maître les exigences du quotidien hospitalier, nous avons privilégié l'un comme l'autre des activités communes resserrant par là des liens qui s'étaient quelque peu distendus.

À notre retour à Paris, Éloïse nous attendait et nous donna des nouvelles du *slagger*. Vlad Rashen souhaitait me rencontrer et me proposait un rendez-vous à Lille à la fin du mois d'avril, pendant l'installation du concert d'ouverture de sa tournée européenne programmé au stade Pierre Mauroy.

J'ai tout de suite pensé à un problème généré par l'allogreffe à laquelle j'avais eu recours pour reconstruire son visage. J'ai inventorié dans ma tête tout ce à quoi je pouvais m'attendre après ce type d'intervention : rejet, nécrose, fistules, rétraction, etc. La semaine précédant ma rencontre avec Vlad, j'ai broyé du noir, incriminant cet échec pressenti au mode de vie du *slagger* et au travail qu'il abattait aveuglément en y engloutissant ses jours et ses nuits.

– Tout cela ne me dit rien qui vaille, ai-je confié à Albane qui n'avait qu'à me regarder pour percevoir à quel point j'étais soucieux.

J'ai pris le train pour Lille le 27 avril. Boris et son inséparable Dimitri m'attendaient à la gare Lille-Flandres. Pas de cagoule cette fois-ci mais un parcours labyrinthique qui passa par des escaliers de service et un entrelacs de couloirs dans l'hôtel où le *slagger* était descendu.

La porte s'ouvrit sur une vaste pièce où Vlad, en robe de chambre, pianotait sur un clavier un *slag* en cours d'élaboration. Deux charmantes créatures en tenue légère étaient alanguies sur le canapé. Il n'était pas masqué et je fus rassuré de découvrir, derrière un sourire affectueux, un visage qui, malgré la fatigue, me parut sain. Une autre surprise m'attendait quand, après avoir invité ses hôtesses à se retirer, il se leva pour me donner l'accolade et me dire sa joie de me revoir. Nous nous installâmes dans le coin salon et Vlad me servit une boisson en me donnant des nouvelles d'Olga. Sa mère orchestrait à Lyon les trois représentations prévues après Lille. Il me raconta par le menu la première vague de concerts qui avait déferlé sur les quatre continents dans les endroits où ses Inadmissibles étaient les plus criants.

– La cadence est infernale, mais ai-je seulement le choix ?

Fort de mon séjour roboratif à Belle-Île, j'ai tenté :

– Qu'est-ce qui t'empêche de calmer le jeu ?

Il ébaucha un sourire qui exprimait plus de tristesse que de joie.

– L'urgence et l'imprévisible. C'est la raison pour laquelle j'ai besoin de votre aide.

CHAPITRE 26

Il y a bientôt deux heures que nous parlons et que Vlad répond sans détour aux questions que je lui pose. Parfois la conversation s'échappe du côté de l'anecdote comme, par exemple, cet excursus soudain sur les chansons militantes qui ont conservé une résonance en moi. Je les cite en vrac, pendant que ses yeux troublants me scrutent. Nous évoquons les clips qui ont été diffusés, ceux qui vont l'être sous peu, ceux qui sont en chantier et sur lesquels il travaille.

– J'ignore jusqu'où on pourra aller trop loin.

Une ombre obscurcit son visage et s'évanouit aussitôt.

– On se croit menacé dans un combat suicidaire et rien de ce qu'on imagine n'arrive. Voyez mon père. Il a traqué la corruption toute sa vie. Quand je passe en revue la liste de ses ennemis, il aurait dû mourir assassiné avant la trentaine. Au bout du compte, il est mort dans son lit. Et de conclure en me montrant une clé informatique : Je reviens à l'imprévisible, cher Philippe. Je suis un trublion. Un empêcheur de spolier en rond. Il y a de fortes chances que l'on me neutralise. Voilà pourquoi je vous confie le testament révolutionnaire de Kabayev. Il a titré son ouvrage *Inadmissible posthume*. Si je me prends un jour un drone plutôt qu'une giclée d'acide, ce livre conclura la tâche entreprise. Oh ! je reste un amoureux de la vie et ne suis pas pressé de disparaître, mais les menaces s'accumulent sur ma tête et m'invitent à prendre cette précaution.

– Et que recèle ce document ?

– La mise à mort de trente paradis fiscaux.

Je demeure sans voix devant l'énormité de cette annonce.

– Ce coup de Jarnac s'attaque à toute la fortune détournée des spoliateurs de cette planète, avec chiffres et noms à l'appui. Kabayev a consacré toute son existence à la constitution de ce réquisitoire. Il y a concentré toute son indignation, toute sa colère, toute sa pugnacité de vieux hargneux. On a affaire à une bombe dont la portée dépasse en puissance toutes les mobilisations que j'ai pu mener jusqu'à présent, car elle touche à la quasi-totalité de la richesse confisquée de ce monde. Personne ne peut survivre à pareille dénonciation et le *slag* que j'ai écrit pour accompagner la diffusion de « l'Inadmissible posthume » de Kabayev signera mon arrêt de mort.

Plus décontenancé qu'inquiet, j'ai demandé :

– Il y a d'autres copies, d'autres personnes impliquées en dehors de tes proches collaborateurs ?

– Il y a vous, Philippe. Vous et votre appréciation. Après un silence, il a ajouté : je vous mentirais en affirmant que ma mère n'est pour rien dans cette démarche. C'est elle qui m'a poussé à vous confier cette mission. Et de conclure, faussement désinvolte : vous serez mon chant du cygne.

Je n'ai pas tremblé quand Vlad m'a remis cette clé. Ma tristesse supplantait mes peurs. En lutte contre cet état de mélancolie, je repensais à son accueil, à notre proximité, à la cordialité de nos échanges et me refusai de rentrer dans cette anticipation dramatique dont j'étais le dernier maillon. Pour alléger mon cœur, je me suis concentré sur la confiance indéfectible que me vouait Olga et de ce lointain amour resté vivace sous les cendres. J'ai écarté le cygne dont il évoquait le dernier chant et me suis rattaché à son invitation au concert programmé à Bercy le 8 juin où il m'invitait avec Éloïse et Albane. Je n'en voulais pas de cette issue fatale qui lui semblait inexorable et que tout mon être réprouvait.

*

C'est sans doute le clip de juin qui m'incita à montrer à Justin et à son trio de jeunes sculpteurs la statue subtilisée à Novgorod. Le *slag* traitait des outrages commis par l'homme aux milieux verts et au grand bleu et le message porteur en était : « Y'a pas d'recours. Y'a pas d'sortie de secours. La Terre est notre Eden, notre seul ADN. » Macha et Pavel, les chasseurs d'images qui avaient réalisé ce montage s'étaient surpassés en donnant vie et formes humaines à l'eau ainsi qu'aux arbres. Les corps disloqués, les visages hurlant leur douleur venaient en droite ligne de l'atelier d'Olga. Ils s'apparentaient au grimaçant désespéré des toiles apocalyptiques de Jérôme Bosch.

Justin et ses hommes œuvraient sur Notre-Dame au remplacement d'un personnage biblique quand je les ai rejoints sur leur échafaudage avec ma statue en terre cuite. Ma venue les surprit et, toute affaire cessante, le compagnon s'est accroupi devant l'œuvre d'Olga avant de s'en saisir, de la retourner, d'apprécier ses accointances avec la lumière. Il est resté silencieux mais j'ai pu juger à sa moue et à la façon soyeuse dont il déposa la sculpture sur un parapet de pierre qu'elle l'inspirait. Plus loquaces, les apprentis qui s'étaient rapprochés de nous ont exprimé leurs sentiments. L'un d'eux l'imaginait au centre d'un rond-point tandis qu'un autre l'associa spontanément au dernier *slag* de Vlad Rashen. Soucieux de ne pas perturber l'avancée du chantier, j'ai remis précautionneusement la terre cuite dans mon sac et m'apprêtais à redescendre quand Justin me rattrapa :

– J'ai peut-être une idée. On se voit à l'atelier quand tu as un moment pour en parler.

*

Le concert du 8 juin à Paris fut pour moi une première. Je me suis toujours tenu à l'écart des grands événements et des fortes concentrations de foule. Le spectre du Bataclan conduisit Albane à décliner l'invitation ; Éloïse, elle, se fit une joie de m'accompagner. Attribuées au compte-gouttes par les organisateurs, les places réservées aux invités jouxtaient le parterre des personnalités en vue. Toute l'élite parisienne était là et je dus sacrifier à l'obligation de serrer les mains de ceux et celles qui m'avaient reconnu ou que je connaissais.

Le spectacle s'ouvrit sur le dernier *slag* de Vlad qui enthousiasma une salle survoltée. Resplendissant dans ses habits de scène, le *slagger* n'appartenait plus au monde des hommes mais à la cour des dieux. Son timbre unique, sa gestuelle, sa mobilité sur le plateau, son empathie avec ses musiciens, parlaient au cœur du public. Chanteur sans visage, il était la voix du vivant bafoué, du terrestre à l'agonie qui se redressait, un phare, un levier, un émissaire de la providence.

J'ai vécu ce concert éblouissant en apesanteur, incrédule devant ce miracle de métamorphose qui se produisait sous mes yeux, un miracle qui allait bien au-delà des effets de lumière, des beautés de la musique, de la force poétique des mots, de la complicité d'autres artistes qui l'avaient rejoint. Vlad Rashen, dans sa lutte obstinée contre l'Inadmissible, alimentait une indignation collective qui aurait raison à terme des abuseurs, des détourneurs, des criminels de la grande finance. Telle fut ma perception profonde en assistant à ce concert.

Quand vint le temps des présentations et des remerciements, ma surprise fut totale quand, après avoir fait le tour de ses accompagnants, le *slagger* retira son masque provoquant un élan d'empathie d'une ampleur inimaginable. Le public se leva, applaudit, tambourina pendant de longues minutes. Quand cette ovation retomba, j'entendis mon nom sonner dans la bouche de Vlad tandis qu'Éloïse s'agrippait d'émotion à mon bras.

Nous n'avons pas pu approcher le *slagger* après le concert. Il y avait trop de monde. Et Olga ne m'est pas apparue non plus, à ma grande déception.

Sur le chemin qui nous ramenait à l'appartement, l'emballement d'Éloïse céda le pas à une énumération d'hommes providentiels et d'artistes charismatiques qui payèrent le prix fort pour leurs convictions là où les plus grandes crapules en place restaient intouchables. Cet échange m'a remis en mémoire le réquisitoire posthume de Viktor Kabayev que Vlad m'avait confié et ce chant du cygne inéluctable dont je repoussais instinctivement l'échéance.

*

J'ai revu Justin samedi. J'avais amené à l'atelier la terre cuite d'Olga et il m'a parlé de son idée.

– Quand je regarde cette sculpture et, à partir du moment où je mets en lumière les renfoncements et les zones d'ombre, je construis un phare.

– Et où placerais-tu les réflecteurs ? Et comment imagines-tu l'accès à son sommet ?

Justin a tout prévu. Il a cette statue oblongue en lui, dort avec elle, voyage à l'intérieur d'elle. Je l'écoute, médusé, sur la faisabilité de ce projet. Je me rallie à sa vision en me réservant l'ultime question :

– Et où imagines-tu ce phare ?

– Alexandrie !

– Tu rigoles ?

– Pas du tout ! C'est là sa place.

Là-dessus, il sort son vin, coupe ses dés de saucisson sec et nous trinquons au phare d'Alexandrie d'Olga Mirashencko-Kabayeva.

*

Aux concerts programmés sur la France et dans tous les pays périphériques succéda la tournée russe où le *slagger* était attendu comme un fils chéri par l'immense majorité des habitants, comme une personnalité incontournable par le nouveau président et comme un homme à abattre par les survivants du régime poutinien. Les spectacles qu'il donna au Bolchoï eurent un tel retentissement que le pouvoir en place jugea bon de relâcher la plupart des opposants politiques dont Amnesty International réclamait la libération. Cette mesure ne calma que temporairement les combattants de l'Inadmissible qui s'attaquèrent en masse à d'autres outrances soulevées par le *slagger* en organisant des marches et des occupations de sites sacrifiés à la convoitise humaine et à son asservissement.

CHAPITRE 27

Vlad Rashen disparut en Méditerranée le 31 juillet 2029. Il était aux commandes de son avion et volait vers l'Afrique de l'Ouest où il finançait la remise sous eau d'un bras fossile du fleuve Sénégal en vue de reconquérir, en plantant des arbres, une immense partie du Sahel. Il était accompagné d'une hydrogéologue et d'un porte-parole des Peuls et Wolofs avec lesquels il fallait composer. Plus douloureux encore, Olga était à bord.

J'ai pris la nouvelle de plein fouet alors que je recevais mes patients à la clinique. J'ai tout laissé en plan pour rentrer chez moi. J'étais effondré. Une fois devant la porte de l'appartement, en pleurs, je me suis ravisé pour ne pas croiser Albane dans mon état et je suis parti en direction de l'atelier qui était à l'arrêt à cause des vacances. J'avais besoin d'être seul avec ma peine sans portable ni témoin, juste seul. J'ai sangloté comme un gosse sur la pierre que je taillais, sur mes mains, sur mes outils. J'ai pleuré sur Olga, sur Vlad. Peu m'importait s'il s'agissait d'un accident, d'un attentat, d'un tir de missile, je ne voulais pas savoir. De la même manière, l'origine de la défaillance technique ou l'identité des assassins ne m'intéressaient pas. Olga était morte sans adieu et je restais sur un sentiment horrible d'abandon et de promesse non tenue qui me broyait le cœur.

Justin s'est manifesté en fin de journée. Il passait par là et m'a trouvé dans mes habits de ville aux prises avec mon caillou. Il s'est assis à côté de moi et nous sommes restés immobiles un long moment. Un soupir accompagné d'un « ils sont juste partis » a rompu le silence. Le compagnon s'est levé ensuite et je l'ai suivi dans son local.

Une fois attablé, Justin m'a servi à boire en évoquant la disparition en mer de Saint-Exupéry. « J'aurai l'air d'être mort et cela ne sera pas vrai. » Nous avons vidé une bouteille. Nous avons vidé la Méditerranée en imagination. Les fonds étaient jonchés de cadavres de migrants. « Gonflable improbable, meilleur ailleurs, sur ton rafiot t'écopes l'eau, pays gentil, t'as pris le large, pays nanti, coule ta barge », chantait le *slagger*.

– Ils ne pouvaient mieux choisir leur piste d'atterrissage.

Je n'ai pas eu la force d'acquiescer.

J'ai regagné notre appartement sur le coup de 23 heures. L'esplanade de la cathédrale était un tapis de bougies où évoluaient des ombres par milliers. Vue de l'extérieur, la rivière verticale était dorée et la spirale qui enrobait la flèche de bas en haut était lumineuse et subtilement mouvante. J'ai louvoyé jusqu'au portail. J'ai joué des coudes pour me glisser dans l'édifice. J'ai mis près d'une heure pour atteindre la croisée du transept tellement il y avait du monde. En dessous de la flèche, une floraison incandescente brasillait de partout. Alentour, des voix surgissaient avec les textes parfois chantés, parfois martelés de Vlad Rashen. Il faisait torride, oppressant et, en même temps, fusionnel dans le grand four qu'était la cathédrale, où toutes les lumières reconquises aux Inadmissibles gravissaient la haute torsade vers le sommet providentiel. J'ai senti ce flux d'élévation, ce courant inversé qui envahissait le ciel en passant par le goulot, l'étranglement de l'entonnoir, la pointe vrillée de cristal qui menait à la source. J'ai pensé : « La transfiguration est en chemin. Le défiguré terrestre trouvera ses réparateurs. Le grimaçant financier qui nous possède, nous dépossède, mourra d'avoir bu son or pour s'abreuver. » Étrangement confiant dans notre rédemption, j'ai abandonné ma main à quelqu'un qui l'a prise, j'ai offert mon flanc à un corps qui s'est collé contre moi et m'a entouré la taille. À ma grande surprise, Albane m'avait rejoint dans cette ruche bourdonnante. Surmontant ses peurs, elle avait franchi la barricade de pierre et de chair pour être là où j'étais. Je l'ai interrogée du regard et j'ai entendu :

– Cette nuit, il n'y a plus d'angoisse qui tienne.

Dans les bras l'un de l'autre, nous avons pleuré.

*

Vlad Rashen eut droit à des funérailles de chef d'État, alors même que son cercueil était rempli de sacs de sable. La mère Russie lui rendit de vibrants hommages et les grands pays furent représentés à cette cérémonie d'adieu. Ce retour en grâce n'empêcha pas le défunt de réapparaître quelques jours après son décès avec un *slag* fustigeant le politique véreux à la solde des intérêts privés. Je me suis aussitôt plongé dans l'Inadmissible posthume de Kabayev que j'avais relégué jusqu'alors.

Après avoir lu cet implacable réquisitoire et regardé le *slag* qui en était l'expression artistique, la panique m'a saisi. Vlad avait mis entre mes mains ce fameux levier, cet outil géant capable de démanteler, sur la simple pression d'une clé dans un ordinateur, la haute pyramide des profits détournés. Je tournais dans la pièce, affolé, en nage, en résistance totale contre cette tâche qui m'incombait. Il s'en est fallu de peu que je ne détruise d'un coup de talon cet objet de rien du tout qui allait engager les Habitants de la Terre dans un conflit frontal que le *slagger*, à ma connaissance, aurait désapprouvé. « Nous sommes, vous et moi, des réparateurs, des garants d'une transition que je souhaite pacifique », m'avait-il rappelé lors de ma venue à Lille. J'ai mis sur le compte de sa loyauté envers Kabayev la demande qu'il m'avait adressée alors. Une autre bonne raison pour ne pas révéler au grand jour ce dernier Inadmissible.

Seul face à ce bouton rouge, terrorisé à l'idée de m'attaquer à ces paradis des uns qui alimentent l'enfer des autres, j'ai recueilli, sans rien laisser filtrer de la mission qui m'incombait, les avis de mes proches, Éloïse, Albane, Justin, Frans, Varguise.

Ces questionnements m'ont renvoyé à moi-même et à mon métier. Ce masque d'or sur le visage en décomposition de la Planète qui, mieux que moi, pouvait l'enlever ?

*

Fin août, Anna Kabayeva m'invita à Novgorod pour une célébration d'adieu à la mémoire de Vlad et Olga. Elle réunirait les intimes, les collaborateurs et les amis proches. Je n'avais pu faire mon deuil et décidai de m'y rendre. Éloïse qui avait collaboré avec Pavel et Macha au clip de la rivière verticale et s'était liée avec Meryl à cette occasion, souhaita m'accompagner. Par délicatesse, Albane se tint en retrait de ce pan de vie qui se refermait et resta à Paris. Nous avons atterri le 31 en soirée à l'aéroport de Novgorod. Anna nous attendait. Elle nous mena dans la tanière familiale des Kabayev qui avait abrité Vlad et ses parents avant d'être confiée à sa bonne garde. Meryl était arrivée la veille avec Aliocha, son bébé. Macha et Pavel débarquaient de Miami. J'ai reconnu les musiciens du *slagger*, ses assistants, ses garde-corps. Tout ce monde donnait le change pour ne pas lester de sa tristesse cette soirée de retrouvailles. Ne voyant pas Anouchka et Marine, sa maman, je me suis enquis auprès d'Anna de leur venue et fus rassuré quand elle me confirma leur arrivée le lendemain.

La cérémonie de commémoration célébrée à la mémoire des disparus démarra à 10 heures sur une volée de cloches. Bien qu'elle fût réservée aux intimes, l'église était pleine. Pas de cercueils, bien sûr, mais, légèrement surélevée sur un chevalet, une photo grandeur nature de Vlad et Olga portant respectivement Anouchka et Aliocha dans leurs bras. Tout autour, une profusion de fleurs et de bougies. J'ai suivi, le cœur noué, une succession de témoignages dont, à défaut d'en comprendre le sens, j'ai recueilli l'émotion. Les musiciens du *slagger* ponctuèrent cet adieu d'interventions sensibles en liaison avec l'univers musical de leur mentor. À un moment donné, ils interprétèrent ensemble cette chanson de Raymond Lévesque que j'avais évoquée à Lille lors de notre dernière entrevue et c'est alors qu'on entendit, plus vrai que nature, Vlad Rashen qui chantait : « Quand les hommes vivront d'amour, il n'y aura plus de misère, les soldats seront troubadours et, nous, nous serons morts, mon frère. » Je me suis retourné. Je le cherchais partout derrière mes larmes et croisais des visages tout aussi émus. Le *slagger* était parmi nous et répondait à cet « au revoir » que je lui adressais en me rendant la pareille.

Ces heures d'intense communion s'achevèrent dans le cimetière pour les plus fervents et du côté de la maison jaune pour les autres. Pour ma part, j'ai préféré reporter mon passage sur la tombe des Kabayev. J'avais, en effet, amené avec moi une réplique en bronze de la femme-arbre façonnée par Olga et mon intention était d'installer la statuette, à l'abri des regards, sur l'aire de repos et de mémoire réservée aux disparus. Alors que nous remontions vers la demeure familiale, Anouchka nous aperçut, lâcha la main de Marine et nous rejoignit en courant. J'ai savouré ce moment où elle se donna aux bras d'Éloïse qui partit avec elle dans une rotation complice. J'ai revu dans cette giration rieuse la petite fille qui dansa avec son bandeau de gaze sous la flèche de cristal. Quand, intrépide, la fillette vint m'embrasser, j'ai revécu Amiens, sa main dans la mienne, la cantine de la clinique, la visite commentée de l'atelier sous les combles, mais surtout, j'ai retrouvé, native encore, l'empreinte espiègle et irrésistible d'Olga. Amoureux brisé, j'étais anéanti et j'avais honte de ma tristesse qui était sans commune mesure avec cet irréparable avec lequel Anouchka devrait composer sa vie.

En fin de journée, nous nous sommes éclipsés en douce, Éloïse et moi, pour gagner notre hôtel. J'ai sorti de ma valise mon « phare d'Alexandrie ». Fidèle à l'idée de Justin, j'avais demandé au fondeur d'ajourer la sculpture en vue de l'habiter de lumière. Nous gagnâmes le cimetière avec la statue et de quoi l'éclairer. Il n'y avait plus personne. Nous avons trouvé sans mal la sépulture des Kabayev au nombre de bouquets qui la recouvraient. Un lettreur était venu avec ses outils pour ajouter les noms d'Olga et de Vlad, leurs dates de naissance et de mort en-dessous de la ligne occupée par Viktor. J'étais dans tous mes états et alors que je transformais mon phare miniature en veilleuse sur une mer de fleurs, Éloïse m'interpella :

– Le lettreur s'est trompé. Il a mis août pour septembre. Vlad est né un 20 septembre et pas un 20 août, si je ne m'abuse.

Ému, je n'ai même pas jeté un coup d'œil sur la pierre tombale et ma réaction fut :

– Tu es exactement comme ta mère. Rien ne t'échappe.

Nous sommes retournés auprès des convives. Attentive à ses hôtes, Anna allait de l'un à l'autre avec tantôt un plateau de blinis, tantôt un assortiment de boissons en veillant à ce que personne ne manquât de rien. Quand elle vint vers nous, elle fut accrochée par Éloïse qui lui signala l'erreur de datation du lettreur sur le caveau de famille. Sans se démonter, la tante de Vlad se contenta de répondre :

– C’est possible ! Je vérifierai.

*

Nous devions prendre notre vol de retour le lendemain aux petites heures et notre hôtesse a tenu à nous conduire à l’aéroport. Au moment de nous quitter, nous avons reçu d’Anna Kabayeva la photo qui réunissait Olga, Vlad et ses enfants. J’eus droit, pour ma part, à une enveloppe frappée de mon prénom.

J’ai attendu qu’Éloïse somnole dans l’avion pour l’ouvrir.

La feuille était parfumée. Quelques lettres rondes, quelques jambages fleuris détouraient de bleu une révélation, un soubresaut de vie et d’amour dont j’étais l’héritier.

Heureux, j’ai replié la lettre en quatre pour la porter à mes lèvres, la humer, l’embrasser.

– Qu’est-ce qui sent si bon, Philippe ?

Les yeux brillants, j’ai répondu à Éloïse :

– Un parfum de longévité.

ÉPILOGUE

Albane me remet une lettre dont l'écriture est reconnaissable entre mille.

– Olga est à Paris avec Anouchka. Elle t'invite à la rejoindre sous la flèche de cristal.

– Aujourd'hui, demain ?

– Tout de suite.

J'enfile mon manteau sur mon pyjama et me hâte. Je rentre dans la cathédrale, gagne la croisée du transept qui est éclatante de lumière. Olga est au centre tenant la main d'Anouchka qui elle-même tient la peluche au visage bandé de gaze ayant servi pour le clip.

Je cherche à m'approcher d'elles pour leur remettre la clé qui fera vaciller les paradis fiscaux mais le rayon est si dense, si épais que je n'arrive pas à pénétrer à l'intérieur du faisceau, m'introduire dans leur espace, passer de leur côté. Elles me parlent mais le son n'arrive pas à mes oreilles. Alors qu'il fait jour, l'obscurité gagne la percée de la voûte. J'entends la voix de Vlad qui *slagge* : « Plus de verre, plus de cristal, plus de rivière verticale. » Je regarde en haut et je constate que le plafond se referme, s'emmure dans l'opacité des pierres. Je regarde en bas et je ne vois plus ni Olga, ni Anouchka, ni la peluche sans visage. J'appelle, j'implore, je hurle. Je sors affolé de la cathédrale et ce qui se présente à moi est une flèche de plomb sur charpente de châtaignier en tous points pareille à celle de Viollet-le-Duc. « Plus de verre, plus de cristal, plus de rivière verticale », reprend le *slagger*.

J'ouvre alors les yeux. Ils se posent attendris sur Albane qui dort, sur le soleil qui filtre entre les tentures de la chambre. Je gagne la pièce de vie pour m'assurer que la Flèche de la Providence brille toujours sur Paris. Olga, Vlad et ses enfants réunis sur la photo me fixent depuis le cadre qu'Éloïse a posé sur le buffet. Je les regarde et leur adresse un clin d'œil.

– Le chant du cygne ? C'est maintenant, mes amours.

Je prends la clé entre le pouce et l'index. Ma décision est prise.

DU MÊME AUTEUR

- *Le passeur de lumière*, roman, Denoël, 1993
- *Les sept couleurs du vent*, roman, Denoël, 1995
- *Parole de pierres*, pièce de théâtre, Nauwelaerts, 1996
- *Le puisatier des abîmes*, roman, Denoël, 1998
- *Vol d'éternité,* pièce de théâtre, Ancrage, 2001
- *Aubertin d'Avalon*, roman, Lattès, 2002
- *Pitié pour le mal,* roman, Lattès, 2006
- *Prélude de cristal*, roman, Lattès, 2011
- *Lueurs,* poèmes, Lattès, 2011
- *Noël en décembre*, roman, Lattès, 2015
- *L'ombre portée*, roman, Lattès, 2019
- *Belgiques*, recueil de nouvelles, Ker, 2023

PARUS DANS LA MÊME COLLECTION

- *Un fleuve au galop*, Alex Lorette, 2022
- *Le témoin silencieux*, Arnaud Nihoul, 2022
- *Clandestine*, Alain Berenboom, 2022
- *Réparer nos silences*, Dominique Van Cotthem, 2022
- *Même pas mort*, Véronique Sels, 2022
- *Les oiseaux n'ont pas le vertige*, Daniel Charneux, 2022
- *Adèle*, Dominique Van Cotthem, 2022
- *Crime d'initiés*, Michel Claise, 2021
- *Nos âmes sœurs*, Patricia Hespel, 2021
- *Boule de Juif*, Foulek Ringelheim, 2021
- *Les mardis d'Averell Dubois*, Frank Andriat, 2020
- *Le moulin des secrets*, Gilles Laporte, 2020
- *Le rêve de Harry*, Alain Berenboom, 2020
- *La dernière maille*, Patricia Hespel, 2020
- *Sans destination finale*, Michel Claise, 2019
- *Caitlin*, Arnaud Nihoul, 2019
- *Les sœurs De Vlaeminck*, Joan Condijts, 2018
- *La petite voleuse de perles*, Michèle Plomer, 2018
- *Le mauvais rôle*, Jean-Baptiste Baronian, 2017
- *Hong Kong Blues*, Alain Berenboom, 2017
- *Je sais que tu m'attends*, Gilles Laporte, 2014
- *L'homme qui ne voulait plus être roi*, Joan Condijts, 2014
- *Monsieur Optimiste*, Alain Berenboom, 2013
- *Bienvenue en Norlande*, Véronique Sels, 2012
- *La tentation du pont*, Véronique Sels, 2011

© Genèse Édition 2024
D/2024/12.107/123
Dépôt légal : janvier 2024
ISBN : 978-2-382010-334
www.genese-edition.eu